1 MONTH OF
FREE
READING

at

www.ForgottenBooks.com

By purchasing this book you are eligible for one month membership to ForgottenBooks.com, giving you unlimited access to our entire collection of over 700,000 titles via our web site and mobile apps.

To claim your free month visit:
www.forgottenbooks.com/free960897

ISBN 978-0-260-63394-1
PIBN 10960897

This book is a reproduction of an important historical work. Forgotten Books uses state-of-the-art technology to digitally reconstruct the work, preserving the original format whilst repairing imperfections present in the aged copy. In rare cases, an imperfection in the original, such as a blemish or missing page, may be replicated in our edition. We do, however, repair the vast majority of imperfections successfully; any imperfections that remain are intentionally left to preserve the state of such historical works.

Le Manchot de Frontenac

Roman Canadien inédit

par

JEAN FÉRON

Illustrations d'Albert Fournier

"LE ROMAN CANADIEN"
Éditions Edouard Garand
153 - 153a rue Sainte-Elisabeth
Montréal.

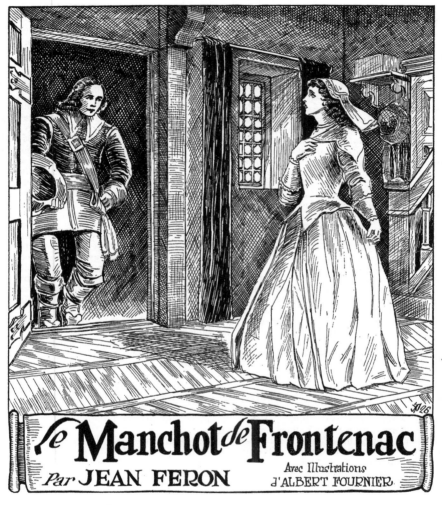

Le Manchot de Frontenac

Par JEAN FERON

Avec Illustrations
d'ALBERT FOURNIER.

I

L'ATTAQUE NOCTURNE

Dans l'après-midi de ce jour, le 18 octobre 1690, les vaisseaux de l'amiral anglais, William Phipps, avaient bombardé Québec. Les habitants et la garnison n'avaient presque pas souffert au feu de l'ennemi : quelques toits seulement avaient été crevés par les boulets et quelques bicoques démolies. Mais en retour, les batteries du Fort Saint-Louis et celles de la basse-ville avaient fort endommagé les vaisseaux ennemis.

Le feu des Anglais avait cessé vers le crépuscule, tout à coup, et aussitôt les habitants qui, par prudence, étaient demeurés au fond de leurs caves, avaient envahi les rues de la ville poussés par la curiosité de constater les dégâts et de savoir si les Anglais s'étaient retirés.

Les dégâts étaient à peu près nuls, et les citadins se réjouirent ; mais les vaisseaux anglais demeuraient dans la rade en face de la ville.

Monsieur de Frontenac, gouverneur de la Nouvelle-France, quittait à ce moment le Fort Saint-Louis où il avait en personne dirigé le feu des batteries françaises, et, suivi par un joyeux cortège de jeunes officiers français et canadiens, de compagnies de réguliers et de miliciens, d'un bataillon de marins marchant musique en tête, de femmes et d'enfants jetant dans les premières brumes du soir des vivats retentissants, gagnait la cathédrale dont les cloches annonçaient à toute volée un service religieux.

A la droite de Frontenac marchait le jeune capitaine d'artillerie Le Moyne de Sainte-Hélène, portant fièrement à son bras le pavillon de l'amiral anglais, qu'il avait dans l'après-midi abattu d'un boulet de canon. Le pavillon était tombé à l'eau, et, par une bravade toute française, trois jeunes canadiens étaient allés à la nage le quérir en dépit d'une grêle de balles tombée des navires anglais. Toute la garnison des hauteurs de la ville avait été témoin de cet exploit, elle avait applaudi bruyamment à ce coup d'audace qui avait émerveillé l'ennemi lui-même. Puis l'un de ces canadiens avait rapporté le pavillon à M. de Frontenac.

Or, à présent, on se rendait joyeusement déposer ce trophée dans la cathédrale, et remercier le Ciel en même temps d'avoir protégé la Capitale de la Nouvelle-France.

Dans le sanctuaire tout illuminé, l'évêque. Monseigneur de Saint-Vallier, entouré de son Chapitre, fit entonner un Te Deum par les élèves du Séminaire. Durant quinze minutes les voûtes de la cathédrale retentirent par ce chant magnifique. Puis, à une colonne, sous la chaire, le pavillon de l'amiral anglais fut attaché. Monseigneur fit une courte allocution pour demander à ses fidèles de bien remercier le bon Dieu, et pour louanger l'exploit des jeunes canadiens qui avaient risqué leur vie courageusement pour aller à la conquête de ce trophée. Discrètement, il sut louer aussi l'énergie que M. de Frontenac avait déployée devant les menaces de l'ennemi. Après cette allocution commença la cérémonie de la bénédiction du Saint-Sacrement.

La cathédrale débordait de la foule qui s'y pressait, si bien qu'une grande partie de la population n'avait pu y pénétrer. Sur la place du temple une foule de fidèles demeuraient silencieux et recueillis, écoutant les chants de l'intérieur qui s'élevaient solennellement dans les échos crépusculaires.

Les chants se turent. Le silence se fit profond, troublé seulement par des gazouillis partant des arbres du voisinage. L'évêque, devant l'autel, traçait de l'ostensoir étincelant le signe de croix, et les fidèles, prosternés, penchaient leurs fronts.

A ce moment, la foule agenouillée sur la place de la cathédrale vit s'avancer un jeune homme âgé d'une trentaine d'années environ. Mais un jeune homme si petit, car sa taille ne mesurait pas plus de quatre pieds et huit pouces, si maigre, si grêle, si fluet, qu'au premier abord on l'aurait pris pour un gamin de quinze ans. Sa tête était coiffée d'un feutre gris orné d'une longue plume blanche, son uniforme était gris, sa culotte grise et ses jambes étaient emprisonnées dans de longues bottes noires éperonnées. Mais ce qui pouvait étonner dans l'accoutrement de cet inconnu, c'était la longue et lourde rapière qui lui battait les jambes. Elle avait un aspect si lourd qu'il semblait impossible que le personnage qui la traînait pût la manier.

L'inconnu s'arrêta un moment près des premiers rangs des fidèles agenouillés, et promena un regard noir et ardent autour de lui. Il semblait chercher une voie pour arriver jusqu'au temple ; car les rangs des fidèles étaient pressés les uns sur les autres.

Alors plusieurs curieux levèrent leur visage vers cet homme dont les yeux brillants éclairaient une figure maigre, bistrée, mais empreinte d'une rare énergie. Et ces propos à voix basse circulèrent :

—Tiens ! c'est Cassoulet...

—Cassoulet !... Qu'est-ce que c'est que ça !

—Ah ! tu m'en demandes trop... Mais tu sais bien, celui qu'on appelle le Manchot de Frontenac ?

—Ah ! bien, je comprenons, c'est le lieutenant des Gris ! J'savions pas qu'il s'appelait Cassoulet, le pauvre p'tit malingre !

—Trompez-vous pas, les amis sur le p'tit malingre qui commande les Gris, murmura un vieillard.

Plus loin une commère souffla à sa voisine :

—Pauvre petit bougre! est-ce qu'on dirait pas que ça souffre toujours?

Un bourgeois, qui avait entendu cette remarque, sourit et dit :

—Oh! le petit bougre, bonnes dames, n'a pas besoin de personne pour se tirer d'affaire, il mangerait un géant!

Murmures et chuchotements circulaient sur la place, tandis que celui qu'on avait appelé Cassoulet se mettait à traverser la foule. Sur son passage on s'écartait vivement avec respect et admiration.

Le jeune homme s'arrêta devant la porte du temple. Là, tourné vers l'autel, un suisse géant bloquait l'entrée. Il était coiffé d'un feutre noir galonné d'or, vêtu d'un manteau rouge et chaussé de souliers d'argent. Sa main droite, énorme, tenait une hallebarde, à sa ceinture pendait une épée de parade, et cet homme demeurait dans une attitude imposante.

—Eh! dites donc, Monseigneur! interpella ironiquement le jeune homme; vous me direz bien ce que je désire savoir?

Le suisse, qui n'avait pas eu connaissance de l'arrivée de ce personnage, se tourna brusquement. En apercevant celui qui lui parlait et qui avait à ses lèvres un sourire plus qu'injurieux, ses sourcils très épais se contractèrent, ses regards gris s'illuminèrent de feux ardents, et d'une voix basse, étouffée, mais qui grondait terriblement, il répliqua :

—Silence!... Monseigneur élève l'ostensoir...

—Monseigneur!... rétorqua l'autre en ricanant doucement. Par l'épée de Saint-Louis! j'avais cru le trouver dans cette porte.

—Mais vas-tu bien te taire, freluquet! souffla rudement le suisse.

—Ah! par exemple, Monseigneur, fit plus ironiquement le jeune homme, je me tairai bien si vous me laissez entrer.

—Il n'y a plus de place... arrière!

—C'est en avant que je vais, je veux parler à son Excellence!

—Tu lui parleras après!

—C'est tout de suite! répliqua rudement et avec un regard menaçant le jeune homme.

—Ah! ça, morveux, rugit le suisse dont le visage devint cramoisi, je vais t'apprendre...

Le colosse avait fait un tour complet sur lui-même pour faire face à la foule sur la place et au jeune homme. Toute sa terrible armature tremblait de colère, ses yeux éclataient, ses grosses lèvres blêmissaient, ses bajoues bleuissaient. Il leva sa terrible hallebarde comme pour foudroyer le malingre qui l'importunait. Mais son geste ne s'acheva pas : le jeune homme venait de saisir le gros suisse à la taille, de le soulever et de le jeter de côté comme un méchant paquet. Un murmure d'admiration accueillit ce tour de force extraordinaire et la foule fut sur le point d'applaudir bruyamment. Mais un rugissement de rage avait éclaté sur les lèvres exsangues du géant qui, l'épée et la hallebarde au poing, voulut se jeter contre le morveux. Mais déjà celui-ci s'était faufilé à l'intérieur de l'église et fendait le flot pressé des fidèles, au moment où les élèves du Séminaire entonnaient le chant du Magnificat. Il s'avança jusqu'au sanctuaire près duquel se tenait M. de Frontenac entouré de ses principaux officiers.

—Excellence, souffla le jeune homme en se dressant sur la pointe des pieds pour atteindre l'oreille du gouverneur, les Anglais sont débarqués sur le rivage de Beauport et marchent vers la rivière Saint-Charles.

Frontenac fronça des sourcils terribles et demanda :

—En es-tu sûr, Cassoulet?

—Excellence, j'ai vu de mes yeux. C'est le major Walley qui commande ces Anglais.

—Et combien y en a-t-il?

—Je ne sais pas au juste; mais autant que j'ai pu voir, il y en a bien une couple de mille.

—C'est bien, cours au château et au fort réunir les troupes de la garnison, c'est tout à l'heure je donnerai les ordres nécessaires pour aller à la rencontre de messieurs les Anglais.

Cassoulet quitta le gouverneur pour aller exécuter les ordres reçus.

Comme il allait sortir, il trouva devant lui un colosse qui lui barrait le chemin avec un air résolu, un colosse dont la face était effrayante à voir, dont les yeux énormes, désorbités, s'injectaient de sang, dont les dents grinçaient à faire frémir... C'était le magistral suisse qui venait de se jurer de venger proprement et exemplairement l'outrage fait à sa personne devant la foule des fidèles, à son évêque et à Dieu même par ce diablotin qui n'avait pas craint de souiller le temple saint de sa présence.

—Ah! ah! gnome infâme, rugit le suisse en posant ses deux mains très lourdes sur les épaules du jeune homme, dont les jambes ployèrent sous la pesée faite par le géant. Ah! ah! jeune freluquet, espèce de morveux, de...

Il fut interrompu par une voix de jeune fille qui, à l'instant même, quittait la cathédrale parmi le flot des premiers fidèles.

—Papa!... papa!... cria la voix avec un accent de prière.

A cette voix partie derrière lui, Cassoulet fut tenté de se retourner; mais le colosse, ivre de fureur et n'ayant pas paru entendre la voix suppliante, faisait peser davantage le poids de son corps sur les épaules du pauvre jeune homme, et continuait:

—Oui, vil moucheron, je vais t'apprendre à respecter le représentant de Monseigueur l'évêque!

Le moucheron semblait perdu, car le géant était si ivre de rage qu'il en perdait la raison et qu'il allait, certainement, anéantir à tout jamais sa victime.

Emne et terrifiée à la fois, la populace se resserra près de l'église pour mieux voir ce qui allait se passer.

Cassoulet, lui, ne paraissait pas avoir peur. Il souriait... mais pourtant ses yeux lançaient des éclairs non moins terribles que les éclairs jaillis des prunelles ensanglantées du suisse. Et tout probablement, si l'on peut en juger par l'exploit qu'il avait accompli l'instant d'avant lorsqu'il avait ôté le colosse de son chemin, il allait trouver encore le truc de se débarrasser du trop zélé serviteur de Monseigneur l'évêque, quand une jeune fille fendit la foule et de ses deux mains fines saisit un bras du suisse.

—Papa! papa!... supplia-t-elle.

—Arrière, Hermine! clama le géant avec rage.

La jeune fille se suspendit au bras de son père.

Dans un rapide regard Cassoulet vit une belle enfant, blonde comme une madone de Fra Angelico, tout en émoi, avec un visage de vierge, avec des yeux de velours bleu, une bouche admirable, une taille de déesse, et il fut si ému, qu'il trembla violemment.

La foule qui le vit trembler pensa qu'il avait peur.

Cassoulet lança un regard admiratif à la jeune fille et pensa:

—La fille de ce sauvage?... Non, ce n'est pas possible!

Puis, profitant du moment où le suisse, distrait par sa fille, pesait moins lourdement sur ses épaules, il se baissa soudain, glissa entre les deux jambes du géant, se faufila dans la foule et gagna rapidement l'extrémité de la place. Là, hors de l'atteinte du suisse, il lança un rire sarcastique.

—Par la mitre de Monseigneur! hurla le colosse en tendant le poing, on se retrouvera, morveux d'avorton!

Mais Cassoulet déjà disparaissait dans les ombres du soir.

La jeune fille voulut apaiser la fureur de son père.

Celui-ci la rudoya et la poussa loin de lui, grondant:

—Toi, Hermine, va-t-en à la maison, et à l'avenir tu te mêleras de tes affaires!

Et autour de lui l'effrayant suisse roula des yeux si énormes, si farouches, si sanglants, que la foule des fidèles recula. Puis satisfait du moins de voir la populace s'effacer devant lui, le suisse reprit sa hallebarde, qui était demeurée appuyée contre le mur de l'église, et se plaça à côté de la grande porte pour surveiller la sortie de ceux qui étaient dans l'intérieur de la cathédrale.

L'instant d'après, apparaissait M. de Frontenac qui donna immédiatement des ordres à ses officiers; et cinq minutes ne s'étaient pas écoulées que circulait de toutes parts la nouvelle que les Anglais marchaient contre la ville du côté de la rivière Saint-Charles.

Des officiers s'élançaient à toute course vers le fort, d'autres appelaient les miliciens sous les armes, d'autres encore à la tête de compagnies rassemblées à la hâte dévalaient vers la Porte du Palais. Des artisans et des bateliers, faisant partie des milices, couraient à leurs habitations pour y chercher leurs armes. Le reste de la population, fort alarmée, se dispersait peu à peu, et chacun regagnait son logis.

La nuit tombait.

Au fort, où Cassoulet avait donné l'alarme, les bataillons se formaient rapidement et gagnaient au pas de course la rivière Saint-Charles. Comme il sortait à son tour, il rencontra M. de Frontenac qui revenait de la cathédrale accompagné de Sainte-Hélène et de M. de Villebon.

Le jeune homme s'effaça et voulut s'éloigner rapidement. Frontenac l'arrêta.

—Où vas-tu, Cassoulet?

—Excellence... bredouilla Cassoulet en s'arrêtant et en rougissant.

Il ajouta après quelques secondes d'hésitation:

—Là, Excellence, où vous me direz d'aller.

Frontenac de son regard perçant saisit chez le jeune homme un trouble inaccoutumé dont il était loin de s'imaginer la cause. Car ce trouble du jeune homme, c'était le souvenir tout vivace et l'image toute resplendissante de la petite madone qui lui était apparue, alors que le gros suisse s'apprêtait à lui faire un mauvais parti. La vue de cette jeune fille avait tellement bouleversé l'esprit de Cassoulet, que celui-ci en était tout chaviré. Il n'avait pu écarter la ravissante image de sa pensée, et maintenant il était dévoré par le désir de la revoir.

—Ah! s'était-il dit en quittant la place de la cathédrale, Maître Turcot a une fille!... Qui l'aurait dit!... Et une enfant encore... jolie comme un ange, si je me rappelle bien! Quoi! il est donc marié, cet animal-là? Mais qu'a-t-il fait de sa femme? L'a-t-il mangé?... Il faut que je le sache! Je veux revoir cette belle enfant, car je dois la remercier pour avoir intercédé en ma faveur. Il est vrai que son intercession était bien inutile; car, si je ne me trompe, j'allais justement envoyer Maître Turcot s'allonger de la belle façon. Oui, je veux revoir... Hermine! Hermine?... Oui, oui, c'est ainsi que l'a nommé Maître Turcot. Ah! la belle Hermine!... La jolie Hermine!... La brave petite Hermine!... Oh! je sais où loge le maudit suisse, derrière la cathédrale. J'ai vu sa bicoque une fois en passant par là. Oui, c'est là que je trouverai la divine Hermine...

Effectivement Cassoulet allait, en sortant du fort, courir au logis du suisse, quand M. de Frontenac l'interpella.

Le trouble du jeune homme fut donc causé par la pensée qu'il ne pourrait peut-être pas aller immédiatement rendre visite à la belle et gracieuse jeune fille.

—Il faut, dit le gouverneur, que tu montes à cheval et que tu galopes jusqu'à Beauport pour prévenir le capitaine Juchereau et lui ordonner de se mettre à la tête de ses miliciens pour venir se retrancher sur la rivière Saint-Charles, où Monsieur de Sainte-Hélène et Monsieur de Villebon se rendront bientôt pour diriger les opérations. Va!

—Bien, Excellence, je cours.

—S'il était trop tard et que Messieurs les Anglais se trouvassent sur ton chemin, passe au travers!

—Je passerai au travers, Excellence, assura Cassoulet sur un ton convaincu.

Il rentra dans le fort. Avant que MM. de Sainte-Hélène et de Villebon ne fussent partis avec un bataillon de réguliers pour la rivière Saint-Charles, Cassoulet sortait du fort, monté sur un fougueux coursier, et à toute vitesse traversait la ville, gagnait le pont de la rivière et fendait l'espace vers Beauport dont il apercevait les lumières dans l'éloignement.

La nuit venait si vite que le lieutenant des gardes ne voyait plus le chemin. Il n'avait pour le guider que des bosquets dont les taches sombres se dessinaient par ci par là. Il franchissait des fourrés, des marais à une allure extraordinaire. Tout à coup il fut assailli par une vive mousqueterie, mille éclairs déchirèrent l'obscurité en même temps qu'une grêle de balles crépitait de toutes parts, hachant les feuillages, sifflant à ses oreilles.

Sa monture fit un écart terrible qui faillit le désarçonner. Cassoulet se cramponna criant:

—En avant, Diane!

Il laboura les flancs de sa jument. La bête renâcla de douleur et fonça comme avec rage dans les rangs d'un régiment de soldats anglais. Une autre décharge non moins terrible que la première fit trembler l'espace, mille autres éclairs aveuglèrent cavalier et monture... Mais Cassoulet passa au travers, comme il l'avait promis à M. de Frontenac, il passa sans recevoir une égratignure, sans que sa jument Diane fût le moindrement blessée. La bête paraissait avoir des ailes, elle coupait l'espace avec la rapidité de l'éclair. Cassoulet arriva bientôt à Beauport et mit tout le village en branle par la nouvelle que les Anglais marchaient sur la ville.

Le capitaine Juchereau fit sonner le tocsin, rassembla hâtivement ses miliciens et à la tête de deux cents hommes s'élança avec Cassoulet pour prendre les Anglais en flanc.

Lorsque Juchereau, guidé par Cassoulet, atteignit les marais, M. de Sainte-Hélène y accourait déjà avec trois cents Canadiens.

L'ennemi fut attaqué de front par Sainte-

Hélène, en flanc par Juchereau. Celui-ci avait fait allumer un feu de broussailles pour éclairer la scène du combat. Le premier, Cassoulet fondit sur les troupes anglaises, et, armé de sa lourde rapière qui fendait les têtes, tranchait les gorges, avec la longue plume blanche qui flottait à son feutre, il ressemblait, dans cette demi-obscurité rougeâtre, à un ange exterminateur.

La panique se mit bientôt dans les rangs des Anglais qui estimaient le nombre de leurs adversaires beaucoup plus élevé qu'il n'était en réalité. Les Canadiens comptaient cinq cents hommes, tandis que l'ennemi pouvait avoir dix-huit cents combattants. Cette escarmouche dura tout au plus vingt minutes, mais les Anglais y perdirent plusieurs hommes, morts ou blessés, qu'ils emportèrent dans leur fuite. Cassoulet les pourchassa avec quelques Canadiens et fit encore quelques victimes. Mais comme il était à craindre, à cause de l'obscurité, que l'ennemi ne tendit quelque piège, il abandonna la poursuite pour retourner à la ville.

Sainte-Hélène et Juchereau, qui s'était fait casser un bras au cours de l'action, se retranchèrent sur la rivière Saint-Charles pour barrer le chemin de la cité à l'ennemi.

Au moment où s'engageait ce combat, les vaisseaux de l'amiral Phipps rouvraient le feu contre la ville. Une avalanche de fer et de feu tombait sur la cité, lorsque Cassoulet y rentra pour aller rendre compte au gouverneur de sa mission, et pour lui donner le résultat du combat nocturne. Il traversa la ville sous une pluie de boulets de fer, dans une obscurité rayée d'éclairs par le feu des batteries, dans un vacarme effrayant. Il trouva le gouverneur au fort où les batteries françaises répondaient activement au feu de l'ennemi.

—Battus les Anglais ! cria-t-il à Frontenas.

Le gouverneur sourit.

—Bien, dit-il. Lorsque le bombardement aura cessé, ajouta-t-il, je te donnerai des ordres pour Monsieur de Sainte-Hélène.

Comprenant que le gouverneur n'aurait pas besoin de ses services pour une heure ou deux, Cassoulet quitta le fort et prit le chemin de la cathédrale.

La pluie de fer augmentait.

La terre et le ciel tremblaient sous les détonations retentissantes, entre les navires ennemis et le fort Saint-Louis des lueurs aveuglantes comme des éclairs se croisaient, sifflaient, s'entre-choquaient.

Au loin les échos des bois et des monts se renvoyaient le fracas des canons. A certains moments le feu était si vif, les détonations se succédaient si rapidement qu'on sentait le sol frémir sans arrêt, et l'on eût pensé que le Cap Diamant oscillait sur ses bases. Parfois un boulet coupait l'espace, sifflait au-dessus de la ville, puis plongeait sur un toit qu'il enfonçait avec un craquement sinistre.

A l'instant où Cassoulet, toujours monté sur sa jument Diane, arrivait près de la cathédrale, un boulet heurtait le clocher dont une partie s'écroula sur la place avec un vacarme terrible. Instinctivement et comme s'il avait redouté d'être atteint par les débris, le lieutenant des gardes arrêta sa monture. Mais au même moment un autre boulait frappait un angle de la cathédrale, ricochait et atteignait la jument de Cassoulet en plein poitrail.

La bête s'écrasa en renâclant avec douleur. Le jeune homme n'eut que le temps de sauter hors des étriers, et il grommela avec humeur

—Nigaud que je suis... quelle affaire avais-je à m'arrêter par crainte de me voir assommer par un clocher !

Dans l'obscurité profonde qui régnait de toutes parts, car tous les réverbères de la cité avaient été éteints, il entendait les gémissements douloureux de sa monture agonisante. Il demeura immobile quelques instants. Autour de lui la pluie de fer ne tombait plus, mais elle semblait redoubler sur d'autres points de la ville. Au bout de quelques minutes la bête exhalait le dernier soupir.

—Allons ! murmura Cassoulet avec chagrin, monsieur le gouverneur m'en voudra certainement d'avoir fait tuer une si bonne jument. Il m'en exigera le paiement, et il aura raison, et cela me sera un exemple pour une autre fois. Eh bien ! ajouta-t-il avec un sourire, il y a non loin d'ici une belle jeune fille qui me consolera de cette perte ! Allons ! je n'ai que la place à traverser, enfiler la ruelle à gauche et gagner, si je me rappelle bien, une impasse qui se trouve placée à l'arrière du temple.

Et, marchant dans les ténèbres comme s'il se fut trouvé en plein jour, il gagna la ruelle à gauche de la cathédrale et atteignit en moins de cinq minutes une impasse si noire qu'elle pouvait ressembler à un four.

—C'est ici, se dit Cassoulet avec un soupir.

Il pénétra doucement dans l'impasse.

—Pourvu que le suisse n'y soit pas! murmura le jeune homme.

Il marcha avec précautions jusqu'à une bicoque qu'il devinait plutôt qu'il ne voyait. Mais dans le vacarme d'enfer qui rugissait de toutes parts sur la cité il était bien inutile de dissimuler le bruit des pas. Oui, mais Cassoulet, avec le trouble intérieur qui le tourmentait et captivait tout son esprit, n'entendait plus ce vacarme, il n'entendait rien du tout... rien que les battements de son coeur. Et dans le silence religieux où il semblait marcher, il avançait sans faire de bruit.

Il s'arrêta devant la bicoque qu'il crut reconnaître. Elle n'offrait sur sa façade que deux ouvertures: une petite fenêtre protégée par un solide volet et une porte faite de chêne et lamée de fer. Cassoulet ne s'étonna nullement ni du volet solide ni de la porte lamée de fer, car il savait que là, dans cet intérieur modeste, demeurait caché un trésor pour la préservation duquel il était bienséant de prendre les meilleures précautions.

Cassoulet sourit.

Il regarda d'abord le volet; c'était la première ouverture qui se trouvait sur son passage. La porte était à deux pas plus loin. Ce volet était fait à deux panneaux qui, en se rejoignant, laissaient un mince interstice, si mince qu'en plein jour l'oeil le plus exercé n'aurait pu pénétrer à l'intérieur du logis. Mais, la nuit venue, il n'était plus assez mince pour arrêter le rayon d'une lampe. Or, Cassoulet vit un rayon, si l'on peut appeler rayon une toute petite raie de lumière perpendiculaire, et si faible qu'elle n'arrivait pas à troubler de l'épaisseur d'une ligne la couche de ténèbres de l'impasse. Et sur le volet peinturé de rouge cette raie de lumière était comme une ligne d'or tirée de haut en bas par un très léger pinceau.

Cassoulet regarda cette ligne d'or. Puis il tressaillit et approcha un oeil noir et pénétrant. Il vit un léger rideau de mousseline, et de l'autre côté de ce rideau se dessinait une silhouette si légère, si claire, si diaphane qu'il oscilla dans un vertige d'admiration et d'extase.

Ah! quelle apparition de fée!

Cassoulet voyait une tête admirable, auréolée d'un nuage d'or tendre. Il ne la voyait que de profil, mais ce profil était merveilleux. Il distinguait fort bien un front, pur comme un marbre, doucement zébré vers les tempes de petites lignes d'azur qui faisaient très joli. Un nez droit, mince, justement proportionné, avec une narine assez écartée, mais pas trop, et qui semblait frémir. Il voyait encore une moitié de bouche... ah! mais quelle bouche!... Etait-ce une cerise? A moins que ce ne fût une fleur de grenadier!... La joue était une rose toute fraîche et si doucement veloutée! Le menton lui apparaissait comme un autre fruit auquel il aurait mordu à plus belles dents! La nuque... ah!... Cassoulet chavira... Oui, la nuque était de l'ivoire, ou de l'albâtre, ou... il se le demandait. Mais n'importe! sur cette nuque reposait un lingot d'or... une natte de cheveux blonds... Ah! quels cheveux!... Et Cassoulet contemplait encore en frémissant une gorge... ah! plus blanche que du lait... Il ferma les yeux, ébloui. Ah! non, non, ce n'était pas possible que ce fût là une créature de la terre! Cassoulet devait se trouver devant une reine du ciel! Faust devant la vision de Marguerite dut penser la même chose.

Cassoulet rouvrit ses yeux. Il s'était imaginé que la vision disparaîtrait comme ces visions exquises de rêve. Il chancela: la vision demeurait! Allons! elle était réelle! Tant mieux, il pourrait encore la contempler un peu, ce pauvre Cassoulet dont le coeur fondait comme un suif sur un feu ardent. Et il admira encore deux petites mains... des mains célestes... Non! ces mains ne pouvaient pas être humaines... des mains aux doigts fuselés, et mains et doigts travaillaient paisiblement à un ouvrage de couture...

—Par l'épée de saint Louis! murmura Cassoulet, quelles mains!

Il frissonna longuement.

—Et ces mains-là, ajouta-t-il, ne peuvent être que les mains de la divine Hermine... une main faite pour la main d'un prince!

Et sans savoir, Cassoulet essayait de tirer le volet pour mieux voir à l'intérieur, pour mieux contempler cette créature exquise. Mais le volet résista, retenu à l'intérieur par un solide crochet.

Le jeune homme appuya son oreille à l'interstice pour écouter. Dans le logis nul bruit qu'un doux fredonnement... une musique d'ange!

—Bon! fit Cassoulet avec satisfaction, le

suisse n'est pas là. Je ne serais pas étonné qu'il fût en train de boire en quelque taverne de la basse-ville, car Maître Turcot n'a pas les bajoues cramoisies pour rien! Entrons!

Il avança près de la porte et frappa timidement...

II

L'ANGE ET LE DIABLOTIN

Une accalmie se faisait à l'instant même, et sur toute la cité un court silence plana. Dans ce silence Cassoulet écouta avidement les bruits du logis. Nul bruit que ce même fredonnement qui avait charmé son ouïe l'instant d'avant.

Cassoulet frappa encore. Son cœur battait plus fort que ne cognait son poing. Et son faible heurt fut couvert par la voix gigantesque des canons qui recommençaient à tonner. Mais le heurt, tout léger qu'il avait été, fut entendu. Car un pas rapide marcha dans l'intérieur de la bicoque vers la porte qui s'ouvrit lentement. Cassoulet, saisi tout à coup d'une crainte respectueuse, recula. Mais il s'arrêta aussitôt en voyant dans le cadre de la porte éclairée la ravissante créature lui souriait.

—Entrez vite, monsieur, murmura la jeune fille en s'effaçant.

On entendait des boulets de fer siffler, hurler, tomber, fracasser quelque chose dans le voisinage.

Le sourire de la jeune fille, son calme et sa grâce candide produisirent un effet si frappant sur Cassoulet qu'il demeura comme statufié. Et, n'était-ce pas étonnant?... il lui semblait que cette admirable jeune fille l'attendait... qu'elle l'avait attendu lui, Cassoulet! Oui, il aurait juré que l'exquise créature attendait sa visite! N'importe! il se ressaisit et, ayant jeté un rapide coup d'œil dans le logis pour s'assurer que cette jeune fille était bien seule, il entra.

Elle, doucement, referma la porte et tira deux fois les verrous.

Ce qui grandit l'admiration de Cassoulet, ce fut de penser que cette frêle enfant, qui n'avait pas plus de 17 ans, demeurait seule, tout à fait seule, dans cette bicoque qu'un seul boulet de canon aurait pu démolir, et de voir que l'enfant ne paraissait nullement avoir peur.

Oui, elle était là souriante et tranquille. Au jeune homme qui, gauche et confus,

roulait entre ses doigts agités son feutre à plume blanche, elle indiqua un siège près d'une table placée au centre de la pièce. Elle-même s'assit dans une bergère entre la table et la fenêtre par laquelle Cassoulet avait vu la belle image, et elle reprit le travail de couture... un morceau de lingerie quelconque, mais une lingerie blanche comme un lys... Elle travaillait tranquille, légèrement souriante, sans regarder son visiteur, et elle demeurait muette, comme si elle avait attendu que le jeune homme expliquât sa visite nocturne.

Cassoulet, si intrépide dans les dangers de toutes sortes; Cassoulet qui eût regardé la mort en face et sans frémir le moindrement, tremblait. Son regard vacillait. Ses doigts continuaient de tourner et de retourner le feutre percé de balles anglaises. Et alors seulement, à la clarté de la lampe à abat-jour qui éclairait le logis... oui à la clarté de cette lampe posée sur le milieu de la table le jeune homme vit son feutre percé et ses habits lacérés, tachés de sang et couverts de poussières. Il se troubla encore davantage. Ah! son émoi, dans son désir ardent de revoir au plutôt la gracieuse jeune fille, il n'avait pas songé à faire un bout de toilette. Il eut honte de sa personne! Ah! elle était là, elle, si propre, si soignée, si éblouissante dans sa robe modeste. Ce n'était qu'un corsage de velours bleu... mais un corsage qui emprisonnait un buste de nymphe! Une jupe de toile rose qui allait jusqu'à la moitié d'une jambe que Cassoulet ne pouvait voir nettement, mais qu'il devinait magnifiquement tournée. Il voyait mieux le petit pied... le plus beau des petits pieds... le plus mignon petit pied... le plus délicat chaussé d'un soulier de satin rouge! N'était-ce pas délicieux? Cassoulet passa sa langue humide sur ses lèvres sèches. Puis ses yeux remontèrent à la tête auréolée d'un nimbe d'or. Tout à l'heure il avait aperçu un profil... maintenant il voyait l'autre, et il le voyait mieux dans la lumière pâle de la lampe. Des cheveux de soie, ondulés merveilleusement, avec la même nate dorée sur la nuque délicieuse. Une suave petite papillotte cachait à demi la jolie oreille rose. Une petite fossette... oh! toute petite dans la joue grasse et près du coin des lèvres... Puis encore son regard tomba sur les fines mains, les doigts délicats qui remuaient avec une grâce charmante, qui travaillaient avec une habileté remarquable.

Après avoir admiré la maîtresse de céans,

la curiosité le porta à jeter un rapide coup d'oeil sur le logis. Spacieux, propre et rempli d'un parfum qui le grisait, voilà la première impression qui frappa l'esprit du jeune homme. A l'extrémité opposée, un lit blanc et rose, entouré de dentelles, avec une petite table au chevet et deux livres sur la table. Puis un canapé le long du mur, deux fauteuils et la table où il se trouvait. A gauche, vers le centre, Cassoulet remarqua un grand foyer aux braises mortes depuis que le printemps était venu avec son soleil réchauffer la nature. Au fond, vis-à-vis de la porte se trouvait un fourneau bien frotté, luisant, puis une armoire, puis une table de toilette avec un miroir appendu au mur. Dans ce miroir Cassolet aperçut pour la première fois l'image de la jeune fille. Celle-ci venait justement d'y lever ses yeux, et ses regards rencontrèrent sur la glace illuminée les regards de Cassoulet. Celui-ci rougit terriblement. Mais déjà les beaux yeux bleus et candides de la belle image s'étaient baissés.

Cassoulet, pour échapper à son nouveau trouble, à sa confusion, se mit à regarder les images accrochées aux murs : des images de saintes, un grand portrait de la Vierge, puis un grand crucifix de plâtre argenté. Ce crucifix était à l'autre bout, au pied du lit blanc, et Cassoulet n'avait pu voir dans l'ombre un prie-Dieu placé sous le crucifix. Mais ce qu'il vit bien, et à sa plus grande surprise, ce fut, entre le crucifix et le portrait de la Vierge, une petite panoplie d'armes diverses parmi lesquelles il remarqua surtout des épées, des mousquets et des pistolets. Il frémit.. car la vue des armes le faisait toujours frémir, non de peur, mais de vaillance !

Cassoulet avait-il tout vu dans ce rapide coup d'oeil? Certes, il lui avait bien fallu passer par-dessus quelques bibelots, notamment sur la tablette de la cheminée. Mais droit derrière lui, au mur, il n'avait pas regardé dans la crainte qu'en se retournant sa curiosité ne fût surprise. Après avoir tout vu, on cru tout voir, il se décida à regarder discrètement autant que possible derrière lui. Il tourna la tête, tordit quelque peu sa taille, et frissonna en apercevant un grand tableau aux couleurs magiques qui représentait, assise dans une bergère, une belle jeune fille... une jeune fille si semblable à celle qu'une table séparait de lui, qu'il reconnut sur-le-champ la gracieuse Hermine. Hermine!... Ah! quel nom... suave, délicieux, savoureux! Cassoulet en avait à la bouche une salive débordante! Ses yeux se trouvaient si éblouis par le riche coloris du tableau qu'ils papillotèrent, et lorsqu'il les ramena devant lui, il faillit s'évanouir en découvrant que la jeune fille le regardait doucement toujours avec son sourire charmeur.

—Mademoiselle, bredouilla-t-il en rougissant plus que jamais, en tremblant... à tel point qu'il échappa son feutre..., mademoiselle, je vous demande pardon d'être venu troubler votre tranquillité. Pardonnez-moi mon indiscrétion... pardonnez-moi, mademoiselle...

—Monsieur, interrompit la jeune fille d'une voix musicale et douce comme un son de lyre, je ne vous en veux nullement. Lorsque vous avez frappé à la porte tout à l'heure, j'ai pensé que c'était un passant égaré dans l'obscurité de la ville, ou en détresse sous la pluie de fer qui crépitait... j'ai ouvert.

—Alors... vous ne saviez donc pas que c'était moi qui...

Cassoulet s'arrêta en blêmissant cette fois. Il s'aperçut juste à temps qu'il allait dire une sottise.

—Non, je ne savais pas, monsieur, répondit placidement la jeune fille en reprenant sa couture.

Cassoulet ne sut plus que dire. Lui, l'audacieux, le hardi, le téméraire, devant cette jeune fille si calme, si candide, il se trouvait désemparé. Ah! c'est qu'il avait toujours manqué de contenance devant les jeunes et belles créatures. La seule vue d'une jeune femme qui le regardait, d'une jeune fille qu'il croisait dans la rue le troublait énormément, et il devenait d'une timidité à faire gloser une gamine de dix ans. Que voulez-vous, ce n'était pas sa faute!

Mais enfin, là, ce soir, il commençait à s'apercevoir qu'il devenait stupide. Il décida de réagir. Il chercha des paroles quelconques.

—Mademoiselle, bégaya-t-il, vous me reconnaissez ?

—Oui... je vous ai vu ce soir pour la première fois.

—Pour la première fois!... Au fait, je viens rarement dans ces parages. Mais je savais que c'était ici l'habitation de Maître Turcot.

—Mon père n'habite pas ici, corrigea avec son sourire ineffable la jeune fille.

Cassoulet manqua de sauter en l'air.

—Vous restez seule ici ?

—Dans ce logis, oui. Mon père demeure

dans la cour en arrière, il a là son logis. Il
ne vient ici que pour prendre ses repas, ou
pour causer quand il n'a rien à faire. Comme vous voyez, je ne suis pas tout à fait
seule.

—Non, quand votre père est chez lui.
Mais quand il est absent, vous n'avez pas
peur?

—Jamais. Je suis accoutumée. Et puis je
suis bien gardée: derrière le logis de mon
père il y a les murs de la ville. Cette impasse est protégée par la cathédrale, son
ombre sainte, Jésus dans le tabernacle, les
saints dans leurs niches me sont tous de
grands protecteurs. Ici, voyez cette grande et puissante Vierge... voyez à cette
croix notre divin Rédempteur... Pourquoi
aurais-je peur!

—Mais s'il venait des maraudeurs?

La jeune fille amplifia son sourire.

—N'avez-vous pas remarqué cette panoplie? J'ai là plus qu'il est nécessaire pour
me bien garder et me bien défendre!

De la panoplie le regard de Cassoulet ri-
cocha sur la jeune fille, et ce regard débor-
da d'admiration.

—Quoi! vous maniez toutes ces armes?
demanda-t-il sceptique.

—Un peu, monsieur, quand j'en ai l'occasion.

—Vous faites partir des mousquets?

—Assez bien pour me protéger.

—Des pistolets aussi?

—Mieux que les mousquets.

—Mais ces épées? ces rapières?...

—Je fais des armes quelquefois avec mon
père.

—Ah! votre père tire...

—Il est même très fort. C'est un capitaine reformé, mon père. Il fit plusieurs
campagnes en France et en Europe. Un de
ses aînés était maître d'armes.

Cassoulet voguait de surprise en surprise.

Si petit qu'il était, et si petit qu'il se
sentait devant la haute carrure de Maître
Turcot, Cassoulet se sentait encore tout petit devant cette jeune fille si maître d'elle-
même, surtout à cet instant alors que toute
une population, sous le bombardement,
était plongée dans l'épouvante.

Un silence se fit.

Au dehors le fracas de la canonnade semblait diminuer.

—J'espère bien, dit la jeune fille, que les
Anglais en ont assez de gaspiller leur poudre et leurs projectiles.

—Je l'espère aussi, répliqua Cassoulet.
Ce bombardement ne vous cause donc aucune peur?

—Non, monsieur. Avoir peur, pourquoi? Serais-je plus en sûreté?

—Certainement non... fit Cassoulet
dont la surprise devenait de la stupeur.

—Est-ce que ça vous fait peur, vous?

—Oh! non, pas du tout. Seulement...
tout à l'heure...

—Je pensais que vous cherchiez un abri.

—Moi? Non... je cherchais... votre
logis.

—Mon logis?

—Oui. Je voulais vous revoir pour vous
remercier.

—Parce que j'ai...

—Oui, mademoiselle.

—Oh! c'était tout naturel. A propos,
mon père est un peu vif, emporté, mais il
n'est pas méchant.

—Parbleu! Et c'était ma faute si votre
père...

—Aussi, n'ai-je qu'un mot à dire le plus
souvent pour l'apaiser.

—Qui ne vous obéirait pas, mademoiselle! fit Cassoulet avec un sourire engageant.
Il commençait à s'enhardir.

La jeune fille, par crainte que ce jeune
homme ne se laissât aller à quelque galanterie déplacée, changea le sujet de conversation.

—Monsieur est soldat? demanda-t-elle.

—Un peu, mademoiselle.

—Vous êtes aux gardes de monsieur le
gouverneur?

—Je suis le lieutenant des gardes.

—Vraiment?

—Vous ne me connaissez pas?

—Non.

—Je suis Cassoulet... On me connaît
aussi sous ce nom "Le Manchot de Frontenac".

—Pourquoi... manchot?

La jeune fille considéra curieusement le
jeune homme.

—Vous n'avez donc pas entendu ce nom?
demanda Cassoulet.

—Oh! monsieur, je ne sors jamais que
pour aller à la cathédrale, ou chez l'épicier
Baralier, ou encore et rarement chez une
excellente femme de l'autre côté de la place, madame Benoît.

—Je vais vous expliquer pourquoi ce
surnom qu'on me donne des fois, reprit
Cassoulet. C'est un accident qui m'est
arrivé trois ans passés. J'étais allé en ex-

ploration dans l'intérieur des terres. Un jour que je me trouvais dans un petit fort de palissade gardé par un détachement de grenadiers, une troupe de sauvages vint en faire le siège. A un moment, l'un de ces sauvages lança dans le fort un baril de poudre auquel attenait une mèche qui brûlait rapidement. Nous allions tous sauter. Je saisis le baril et le jetais à mon tour pardessus la palissade... c'est-à-dire que je voulus le jeter, mais il m'éclata quasi dans les bras en m'emportant l'avant-bras gauche et faillit bien anéantir le reste de ma personne en même temps.

—C'est un miracle, en effet, que vous n'ayez pas été tué.

—Un miracle? Vous le dites, mademoiselle.

—Pourtant, reprit la jeune fille avec surprise, je vous vois là avec votre bras et votre main gauches...

Cassoulet se mit à rire doucement.

—C'est artificiel, dit-il. Le bras est en ivoire et la main est de fer, et l'un et l'autre fonctionnent au moyen d'un mécanisme. Voyez ma main, elle est toujours gantée.

Il remuait le bras, la main et les doigts, et il sembla à Hermine que tout fonctionnait comme si le tout avait été naturel... la main s'ouvrait ou se fermait à volonté.

—C'est merveilleux, sourit la jeune fille.

—Oui, admit Cassoulet avec un soupir d'amertume. N'empêche que c'est une infirmité, car ce mécanisme, tout ingénieux qu'il est, ne vaut pas le bras et la main que j'avais auparavant.

Le silence s'établit de nouveau. La jeune fille continuait de travailler à sa couture paisiblement. Dehors, le plus grand silence s'était fait sur toute la ville, le bombardement avait complètement cessé.

—Je pense bien, reprit Cassoulet, que les Anglais sont fatigués de nous bombarder.

—Je le pense aussi. Et votre famille, monsieur Cassoulet... elle habite le pays?

—Hélas! mademoiselle, je n'ai plus de famille. Je suis orphelin et de père et de mère.

—Mais vos parents habitaient la France?

—Oui, près de Viviers en Vivarais.

—Vous êtes venu seul au Canada?

—Avec un oncle mort en Louisiane. Il avait été compagnon d'armes de Monsieur de Frontenac. Avant de mourir il me recommanda à Monsieur le Gouverneur, c'é-

tait l'année avant que celui-ci repassât en France. M. de Frontenac à son tour me recommanda à M. de Denonville. Puis M. de Frontenac me reprit à son service en revenant au pays l'an passé et me fit lieutenant de ses gardes.

—C'est un beau poste, sourit la jeune fille.

—Mieux que ça, monsieur le comte est comme un père pour moi.

—C'est un brave gentilhomme, et j'ai pour lui beaucoup...

La jeune fille s'interrompit net en entendant heurter rudement la porte de l'impasse.

Elle sursauta, pâlit, puis d'une voix tremblante souffla à Cassoulet:

—C'est mon père, monsieur, et je ne savais pas qu'il viendrait, car il n'a pas l'habitude de venir à cette heure.

Elle regarda une pendule sur la tablette de la cheminée.

—Voyez, il est neuf heures et demie!...

—Vous êtes sûre que c'est votre père?

La jeune fille n'eut pas le temps de répondre; à l'extérieur une voix rogue commandait:

—Allons, Hermine, c'est moi, ouvre!

Cassoulet reconnut bien la voix de Maître Turcot, le gros suisse de la cathédrale.

—Oui, c'est votre père, mademoiselle, dit-il en souriant.

—Vite, monsieur Cassoulet, cria Hermine, cachez-vous!

—Me cacher!

—Oui... car si mon père vous trouve ici, c'en est fait de votre vie!

—Mais... je peux me défendre!

La jeune fille rougit violemment.

Cassoulet comprit. Il expliqua de suite en rougissant lui-même:

—C'est que de vous trouver seule avec moi et à pareille heure... Oui, oui, je vous comprends, mademoiselle. Mais où voulez-vous que je me cache?

—Là, sous ce canapé... Il ne vous verra pas.

Cassoulet se glissa rapidement sous le canapé, il était si petit!

La jeune fille, avec un accent simulant la surprise, s'écria en allant vers la porte:

—Ah! c'est vous, père? J'étais loin de m'attendre...

—N'importe, ouvre! fit la voix moins rude de Maître Turcot.

Hermine tira lentement les verrous, disant:

—J'avais verrouillé la porte, père, pensant que vous ne viendriez pas.

Elle ouvrit l'huis.

Le colosse entra en jetant autour du logis un regard inquisiteur.

—Je croyais que tu avais de la visite, dit-il

—Mais vous savez bien qu'il ne vient jamais personne, sauf et rarement la brave madame Benoit.

—Et elle ne vient jamais le soir. Aussi, aurais-je été bien étonné de trouver un visiteur... et, cependant, je ne l'aurais pas été, attendu que le sieur... Ah! fit-il tout à coup, je pense que j'ai oublié une affaire.

Il se gratta le front, tout en laissant errer son regard perçant autour de la pièce, méfiant qu'il était et comme s'il avait flairé de la viande fraîche.

—Tout de même, reprit-il avec un regard aigu vers Hermine qui venait de se rasseoir dans sa bergère, que j'ai cru entendre parler.

—Ici? fit la jeune fille avec un calme prodigieux.

—Oui.

—Vous m'avez entendu fredonner, je l'avoue. Mais si j'ai parlé, ce que je ne me rappelle guère, je parlais certainement avec moi-même.

Elle égrena un rire ingénu.

Maître Turcot se gratta encore le front et alla s'asseoir sur le canapé qui craqua terriblement. Nul doute que Cassoulet à ce craquement se sentit perdu, éreinté, écrasé à mort par le canapé et le lourd poids du géant. Mais le canapé résista.

Un silence se fit durant une minute ou deux.

Hermine cousait toujours en fredonnant.

Le suisse méditait tout en faisant entendre de temps à autre des "hem" enroués, et en décochant vers sa fille des coups d'oeil qui ressemblaient à des dards.

—Les Anglais ont-ils fait beaucoup de dégâts avec leurs canons? interrogea la jeune fille au bout d'un moment.

—Je ne sais pas, répondit brusquement Maître Turcot.

Le silence se rétablit.

Le suisse n'avait pas l'air dans son assiette. Ses gros sourcils ne cessaient de se rapprocher, si bien qu'ils finissaient par se toucher. C'était mauvais signe chez Maître Turcot. Comme nous l'avons dit, le suisse de Monseigneur l'évêque était un colosse. Il mesurait au delà de six pieds et il

était d'une remarquable corpulence. Au bout de bras d'une longueur démesurée pendaient des mains énormes. Ses poings étaient de fer. Sa force herculéenne. Sa tête avait la grosseur d'une tête de lion, encadrée d'une longue crinière rousse. Sa face était grasse, large, épaisse et rouge avec un nez cramoisi, signe évident que Maître Turcot faisait bonne chère et qu'il aimait le vin et l'eau-de-vie. Avec ses cinquante-huit ans il jouissait encore d'une vigueur et d'une agilité remarquables. Sous deux touffes de sourcils rouges et fort touffus roulaient deux petits yeux gris, qui parfois devenaient énormes en se chargeant d'éclairs. Assurément, comme l'avait déclaré Hermine à Cassoulet, il n'avait pas l'air méchant, mais on devinait que c'était un tempérament très vif et très emporté, violent même à en juger par la brusquerie de ses gestes et la rudesse de sa voix.

Il se leva tout à coup et marcha pesamment vers la porte.

—Vous partez déjà? interrogea la jeune fille

—Oui, je vais me coucher. Vois-tu, je pensais que tu avais de la visite, Hermine, et j'étais curieux de savoir qui était venu te voir.

La jeune fille se mit à rire placidement pour demander:

—Je parie que vous pensiez que j'avais un cavalier?

—Pardi! ne t'ai-je pas informée que le garçon de Maître Baralier, qui étudie la loi en France, voulait faire de toi sa femme?

—Maître Baralier... l'épicier?

—Oui, tu sais bien.

—Mais je ne connais pas son fils, je ne l'ai jamais vu!

—Eh bien! voilà que tu allais le connaitre, puisque le jeune Pierre avait promis de te venir rendre visite avant de repartir pour la France le mois prochain.

—Et vous pensiez qu'il était ici ce soir?

—Dame! Et puis, tu le devines bien, ça me ferait plaisir de te voir devenir la femme de ce jeune homme qui a de l'avenir devant lui.

—Vous avez donc hâte de me marier?

Maître Turcot s'assit lourdement sur le siège où s'était assis Cassoulet près de la table, et reprit:

—Ma fille, faut bien que ça se fasse un jour ou l'autre, tu n'es pas pour demeurer seule toute ta vie.

—Mais je suis encore jeune, j'ai du temps.

—C'est quand on est jeune qu'on trouve mieux à son goût.

—Mais aussi faut-il connaître notre futur... et je ne connais pas le moindrement le jeune sieur Baralier.

—Je te garantis que c'est le meilleur garçon de la ville.

—Je vous crois, se mit à rire la jeune fille. Mais il faudra bien que je sache si je pourrai l'aimer.

—Bah! je t'assure que c'est pas bien nécessaire d'aimer. Ça vient d'ordinaire avec le mariage. Vois-tu, je n'aimais pas ta mère, quand je l'ai mariée, et tu sais si on a fait un bon ménage. Pauvre femme! c'est ce pays qui l'a tuée.

—Pauvre mère!... soupira la jeune fille dont les yeux s'humectèrent rapidement en évoquant le souvenir d'une femme qui l'avait bien aimée.

—Vois-tu encore, Hermine, je ne l'avais vue qu'une fois avant de me marier. C'est mon père qui m'avait découvert cette jeune fille. Il est vrai que je l'avais de suite trouvée de mon goût. Eh bien! je peux te garantir encore que tu trouveras le jeune Baralier de ton goût. C'est un beau garçon, bon et brave. Tu le trouveras peut-être un peu hautain, précieux, astiqué... Mais songe qu'il va devenir un homme de loi, c'est à considérer.

La jeune fille hocha la tête et dit:

—S'il vient me voir, mon père, je tâcherai de le trouver de mon goût.

—Oh! il va venir, Hermine, il va venir, il l'a promis.

Et maître Turcot, s'étant levé et dirigé de nouveau vers la porte, sortit.

—Bonsoir, Hermine! dit-il en refermant la porte sur lui.

La jeune fille alla tirer les verrous.

Dehors, la voix du suisse demanda:

—Vas-tu te coucher bientôt, Hermine?

—Oui, bientôt.

—C'est bon. On va pouvoir dormir tranquille, car les Anglais n'ont pas l'air de vouloir nous cannonner toute la nuit.

Maître Turcot, cette fois, s'en alla. Hermine, derrière la porte, écouta le bruit de ses pas qui s'éloignaient vers le fond de l'impasse. Puis les pas se firent entendre sourdement à l'arrière du logis, puis encore le bruit d'une porte ouverte et refermée rudement parvint aux oreilles d'Hermine.

Souriante, elle se tourna vers le canapé.

et elle aperçut Cassoulet qui, debout, la regardait avec extase.

—Mademoiselle, dit-il, vous possédez un sang-froid admirable.

—Vous allez bien dire que je suis une effrontée menteuse?

—Non... ce n'est pas mentir que de dire un pieux mensonge!

—Vous avez compris que j'avais le devoir de protéger votre vie et de sauvegarder ma réputation?

—J'ai compris surtout que vous vouliez ménager votre réputation, vous avez bien fait.

—Et vous avez entendu tout ce qu'a dit mon père au sujet de ce monsieur... Ah! si j'avais pu l'empêcher de parler!

—Ah! mademoiselle, je suis bien content d'avoir entendu Maître Turcot, et je commence à penser que c'est le bon Dieu qui m'a conduit chez vous ce soir.

—Vous pensez que c'est le bon Dieu? fit Hermine surprise.

—Oui... votre père n'a-t-il pas parlé de ce jeune sieur Baralier?

—Vous le connaissez? fit la jeune fille rougissante.

—Mademoiselle, je n'aime pas médire de mon prochain, mais il est des fois nécessaire de dire certaines vérités pour empêcher un malheur. Eh bien! je vais vous le dire carrément, vous êtes trop bonne pour être la femme de ce Baralier. Ah! votre père ne le connaît certainement pas.

—C'est donc un mauvais garnement?

—Ah! mademoiselle, défiez-vous, je ne vous dis que ça!

—J'en veux savoir davantage, monsieur Cassoulet.

—Eh bien! c'est un terrible gourgandin!

—Oh! oh!

—Quand il revient de France pour passer ses vacances dans sa famille, il ne fait que courir les cabarets et les estaminets. On assure qu'il est en train de ruiner son père.

—Je me défierai, monsieur Cassoulet, je vous le promets.

—Et je veux vous dire encore, mademoiselle, que si quelque danger vous menaçait...

Il se tut tout à coup et tressaillit. Hermine elle-même, si tranquille d'ordinaire, sursauta. Non loin de l'impasse, un long éclat de rire... mais un rire aviné, venait de retentir dans la nuit tranquille. Puis un choeur de rires, comme si plusieurs personnes avaient fait chorus au premier éclat de rire, s'éleva. Une voix sonore clama :

—Hé ! mes amis... n'est-ce pas ici cette impasse d'enfer où domicilie ce trésor d'amour qu'y tient caché ce vil cachotier de Maître Turcot, honorable suisse de sa Grandeur Monseigneur l'évêque ? Allons, suivez-moi !

—Ce doit être une fée ravissante ! fit une autre voix.

—Oui, fit encore une autre voix, peut-être plus moqueuse et sarcatique, je me doute bien que c'est une déesse qui nous ouvrira les portes d'un Paradis. Conduisons-nous, Baralier, car je sens que je donnerai cette nuit mon coeur à la première fée venue, cette fée fût-elle vieille de cent ans, ridée comme' le lac sous le vent, voûté comme une mendiante sur sa canne, tremblotante comme une feuille roussie et près de se détacher de la branche !

—Rassure-toi, mon ami, reprit la première voix, il paraît que c'est une jeune feuille d'un beau vert, tendre et veloutée. Mon excellent père, qui s'y connaît, me l'a dit cent fois.

Des pas s'étaient approchés pour s'arrêter devant la porte du logis.

Hermine, livide et tremblante, et Cassoulet très pâle se regardaient.

—C'est ce Baralier ! murmura le jeune homme.

La jeune fille jeta un rapide coup d'oeil vers la panoplie ; Cassoulet mit la main au pommeau de sa rapière.

Un heurt violent ébranla la porte.

—Holà ! la belle Hermine, clama une voix forte, viens ouvrir à ton futur fiancé, le sieur Pierre Baralier, étudiant en loi, à qui tu es promise par ton noble père !

Un trio de rires éclata.

—Soufflez la lampe, murmura Cassoulet à la jeune fille, et laissez-moi faire.

La jeune fille obéit.

Dans l'obscurité qui régna soudain, Cassoulet marcha vers la porte.

—Mademoiselle, dit-il encore, apprêtez-vous à refermer rapidement la porte et à tirer les verrous !

—Je ferai comme vous dites, monsieur Cassoulet.

Le jeune homme déjà poussait les deux verrous. Puis il tira rudement la porte à lui et dans les ténèbres distingua vaguement trois silhouettes humaines. Il fonça tête baissée contre la première qu'il envoya rouler, d'un coup de tête à la poitrine, à six

pas plus loin. Cet homme, qui n'était autre que le sieur Baralier, demeura étendu sans mouvement sur le pavé de l'impasse.

Hermine avait vivement refermé sa porte et l'avait verrouillée.

Cassoulet s'était jeté contre les deux autres personnages qu'il malmena durement à coups de pied, à coups de poing et à coups de tête, si bien que les deux pauvres diables, croyant avoir affaire à quelque démon sorti de l'enfer, prirent la fuite poliment éclopés et poursuivis par le terrible Cassoulet jusque sur la place de la cathédrale.

Mais Maître Turcot avait entendu les éclats de rire et les cris de fureur et d'épouvante. Il sortit vivement. Mais quand il arriva dans l'impasse, tout était silence. Seulement, en approchant de la porte de sa fille, il buta contre un corps humain inanimé.

—Qu'est-ce cela ? cria-t-il. Hermine ! Hermine ! apporte de la lumière !

—Eh ! mais, père, je suis couchée !

—N'as-tu pas entendu tout ce vacarme ?

—Oui, ce n'est rien.

—Ce n'est rien ?... Mais on a assassiné un homme en plein devant ta porte !

—Bah ! père, c'était une bagarre entre pochards qui se sont pris de querelle pour un rien... laissez-donc faire !

—C'est bon. D'ailleurs, tant pis pour celui-là, il se relèvera comme il pourra.

Et maître Turcot, n'ayant pu reconnaître l'homme inanimé, reprit le chemin de son logis, grommelant :

—De ces pochards on en a toujours plein les jambes, si bien qu'on n'est plus en sûreté avec ces gueux-là !

Cassoulet s'était arrêté sur la place de la cathédrale, après avoir perdu de vue les deux autres noctambules. Il entendit la la voix de Maître Turcot partir de l'impasse, puis il comprit que le suisse regagnait son logis. Alors il se dirigea vers l'impasse, avança doucement jusqu'à la porte d'Hermine, ramassa le corps inanimé de Baralier et alla le jeter sur le milieu de la place de la cathédrale.

—Ainsi, se dit-il, on ne fera pas de suppositions sur le compte de mademoiselle Hermine. On dira que cet animal a reçu son compte dans une bagarre sur la place de la cathédrale, et tout sera dit.

Satisfait, le jeune homme prit le chemin du château et du fort Saint-Louis.

III

L'AMOUR DE CASSOULET

Les gardes de M. de Frontenac, que le peuple surnommait "Les Gris" à cause de leur uniforme, se trouvaient casernés dans l'enceinte du Fort Saint-Louis. Une escouade de vingt gardes faisait au château la faction de nuit, elle était relevée au jour par une autre escouade du même nombre, vingt autres gardes étaient, selon les besoins, affectés au service de la maréchaussée et dix, enfin, étaient préposés au service des messages. C'étaient donc, au total, 70 gardes que commandait un lieutenant. Ce lieutenant, qui était notre héros Cassoulet, habitait au Château un appartement sous les combles: c'était une petite mansarde, rudimentairement meublée, avec fenêtre à tabatière qui regardait sur l'enceinte du fort. Dans un cas urgent, par cette fenêtre, le lieutenant pouvait jeter un appel à ses gardes, et vu que ceux-ci faisaient le service de faction au Château, il s'en suivait naturellement que Cassoulet pouvait ou sortir ou entrer à sa guise et à quelque heure du jour ou de la nuit que ce fût. Il était le seul habitant du Château qui eût ce privilège, en ce sens qu'il n'avait pas à donner le mot d'ordre pour entrer ou sortir; tandis que la première tête du pays, M. de Frontenac, ne pouvait entrer ou sortir sans ce mot d'ordre. Comme on le voit, notre héros était donc un être privilégié, et, disons-le de suite, un personnage malgré sa petite taille, car après le gouverneur et le lieutenant de police il était le fonctionnaire le plus important. On pourrait même ajouter, sans blesser la vérité historique, que le lieutenant des gardes l'emportait en autorité sur Prévost, lieutenant de police et major du Château Saint-Louis.

Après qu'il eut jeté Baralier sur la place de la cathédrale, Cassoulet se dirigea donc vers le Château. La nuit était tranquille, étoilée et tiède, la ville silencieuse et les rues noires et désertes. Cassoulet marchait lentement, sans presse, repassant dans son esprit les événements de ce jour-là, mais se plaisant surtout à caresser l'image de la charmante Hermine. Il sentait du feu courir dans ses veines, son coeur brûlait, sa tête éclatait. Il était saisi d'un fou désir de retourner à toute course vers l'impasse, d'y prendre Hermine et de l'emporter avec lui! Mais où?... Il ne le savait

pas! Et il pensa qu'il allait devenir malade! Mais malade de quoi? Il ne le savait pas non plus... peut-être d'amour!

Quoi qu'il en soit, il arriva bientôt sur la place du Château.

Dix heures sonnaient à l'Intendance.

Au dernier coup, une escorte de dix marins et de dix gardes sortait du fort et, commandée par Prévost, traversait la place du château pour aller examiner les différents postes de défense de la ville assiégée.

Cassoulet allait entrer au Château. Il s'arrêta et attendit l'escorte que deux porteurs de torches éclairaient. A la vue du lieutenant des gardes, Prévost arrêta sa troupe et demanda:

—Ah! c'est vous, lieutenant? Avez-vous quelques ordres à me communiquer de la part de Monsieur le Gouverneur?

—Non, monsieur, pas de la part de M. de Frontenac, de la mienne seulement. Je désire vous informer qu'une bagarre a eu lieu sur la Place de la Cathédrale, et qu'un individu est demeuré sur le carreau. On pense que l'individu est le fils de l'épicier Baralier. Si donc vous relevez cet homme sur la place, vous saurez où le faire conduire.

—Bien, monsieur, répondit Prévost.

—Autre chose, monsieur, reprit Cassoulet. Lorsque vous aurez terminé votre ronde, voudrez-vous faire emporter aussi le cadavre de Diane?

—De Diane? fit Prévost avec surprise. La jument de Monsieur de Frontenac?

—Précisément, un boulet anglais l'a atteinte en plein poitrail, au moment où, vers les huit heures, je traversais la Place de la Cathédrale.

—Et vous n'avez pas été blessé?

—Non, heureusement, sourit Cassoulet.

—C'est bien, consentit Prévost, je ferai emporter le cadavre.

Les deux officiers échangèrent un salut et se séparèrent. L'escorte de Prévost s'enfonça dans les ténèbres de la ville, et Cassoulet pénétra dans le Château.

A quatre gardes apostés dans le vestibule le lieutenant demanda:

—Monsieur le Gouverneur m'a-t-il mandé?

—Non, lieutenant, répondit un garde. Monsieur le Gouverneur a ordonné que toutes les lumières fussent éteintes, et déclaré qu'il ne veut pas être dérangé parce qu'il a besoin de travailler.

Tout le château en effet était plongé dans

l'obscurité, sauf le vestibule qu'éclairait vaguement une lanterne.

Cassoulet entra dans la salle des gardes pour gagner un escalier de service qui communiquait avec les étages supérieurs. Un domestique lui apporta un bougeoir allumé. L'instant d'après le jeune homme pénétrait dans la petite mansarde que nous avons tout à l'heure rapidement décrite. L'ameublement se composait d'un lit de sangle, d'une petite table avec une écritoire, un garde-robe, un lavabo et deux escabeaux.

Cassoulet enleva sa rapière et l'accrocha à un mur. Puis il retira ses bottes, souffla le bougeoir et, tout habillé, se jeta sur son lit.

Le sommeil ne vint pas. Une heure s'écoula durant laquelle le lieutenant se tourna et retourna vingt fois sur sa couche. Non, le sommeil ne venait pas encore! Et pourtant Cassoulet était fatigué, morfondu, moulu presque, car il venait de vivre une rude journée. C'est après ces jours de dure besogne que d'habitude il dormait le mieux. Qu'avait-il donc que ce soir il ne pouvait passer dans le pays si doux des rêves?

Ah! c'est que, pour la première fois en sa vie, le coeur de Cassoulet était accaparé par un sentiment nouveau, et son esprit troublé par un portrait de jeune fille. Il se sentait amoureux de la belle Hermine! Cela s'était fait comme par magie! Cela l'avait surpris comme un coup de vent! Un coup de foudre n'éclate pas plus vite que son coeur n'avait éclaté sous l'éclair de l'amour! Mais s'il n'y avait eu encore que de l'amour... Mais non... Cassoulet était jaloux! Oui, jaloux de ce Baralier! Pourtant, être jaloux de Baralier... pourquoi? Hermine ne l'aimait pas, elle ne l'avait jamais vu, elle ne l'aimerait jamais! Oui, Cassoulet savait que la jolie Hermine n'aimerait jamais Baralier, quoi qu'il arrivât, après ce qui s'était passé dans l'impasse de la cathédrale ce soir-là! Mais, tout en n'aimant pas Baralier, Hermine ne pouvait-elle pas devenir la femme de Baralier? Certes, elle ne le voudrait pas; mais Maître Turcot, lui, pourrait vouloir, d'autant plus que selon lui l'amour n'était pas absolument nécessaire en mariage! Oui, Maître Turcot était homme, par vanité ou autrement, à donner sa fille, son ange de fille, à ce pédant de Baralier, ce **gourgandin**, ce riboteur!

Mais alors ce serait un malheur... un malheur affreux que cet ange qu'était Hermine Turcot devînt la femme de ce bélître de Baralier! Oui, mais Cassoulet ne voudrait jamais que ce malheur arrivât! Il ne voudrait jamais... mais comment par sa seule volonté pourrait-il empêcher Baralier d'épouser Hermine, ou Maître Turcot de donner Hermine à Baralier? C'était là un rude problème. Il y avait bien un moyen facile et tout près: si Baralier n'était pas mort, le faire tuer! Mieux que cela le tuer... ce serait encore plus sûr!...

Cassoulet frissonna à cette pensée.

Il n'était pas un meurtrier! Il avait tué déjà, certes, mais pour défendre sa vie. Il tuait encore par ci par là, mais toujours pour protéger sa propre existence. Il avait tué des Anglais en quantité, des sauvages ennemis en grand nombre, des malandrins, des maraudeurs, mais il n'avait jamais tué soit par vengeance, soit par haine, soit par un intérêt quelconque. Il n'allait donc pas commencer maintenant à se faire assassin. Il ne restait donc plus qu'à faire tuer ce Baralier, en payant quelque bravi, comme il s'en trouvait souvent dans les tavernes de bas étage, toujours en quête d'un mauvais coup. Mais faire tuer Baralier, ce n'était guère mieux; il était responsable autant que le bras qui frapperait! Quoi! ce serait encore pis de payer la consommation d'un crime que de l'accomplir soi-même! Non, pas de ça! Décidément, rien qu'à cause de quelques scrupules, Baralier s'en tirerait à bon marché!

Cassoulet se mit à ricaner sourdement, la tête dans son oreiller! Mais c'était un ricanement de douleur, de souffrance atroce... car il aimait, il aimait à la folie, et sans espoir de faire partager à une autre son amour pour la vie! Mais avait-il eu cet espoir, le pauvre insensé? Quoi! avait-il été assez fou pour penser une minute seulement que la divine Hermine pourrait l'aimer, lui! Mais quel attrait aurait-il pu produire sur la fille de Maître Turcot? Lui, Cassoulet, un pauvre lieutenant des gardes, un étranger, sans père ni mère, un être malingre et chétif, produire un effet sur la séduisante Hermine? Non, ce n'était pas possible! Avec ça qu'il était infirme... oui manchot! Avec ça encore qu'il n'était pas beau... oh! pas beau du tout! Ah! comme il était loin de posséder la belle et élégante taille du jeune sieur Baralier! Oui, il en était loin, rachitique comme il était, un morveux, un gnome, un fréluquet, comme l'avait traité Maître Turcot! Oui, il avait l'air d'une marionnette ridicule, d'un farfadet risible qu'on méprise! Il ne lui manquait plus que d'être lépreux... Et pourtant, malgré tous ces désavantages, n'était-il pas lieutenant des gardes de Monsieur le Gouverneur? Un beau poste, comme avait dit Hermine? Oh! Cassoulet savait bien qu'il y avait mieux que ça encore dans le monde! Mais enfin, qui sait, si avec ce poste il n'y aurait pas moyen de conquérir "la belle ange"?

Notre héros, qui pensait ainsi, sentit cette fois son coeur tressaillir d'un petit espoir.

—Oh! murmura-t-il, si, seulement, j'étais beau!

Il se leva brusquement, courut à sa table, ralluma la bougie et, pâle sous son bistre, troublé, tremblant, il alla regarder sa figure maigre, longue et maintenant blafarde dans un petit miroir accroché au mur au-dessus du lavabo.

Il recula aussitôt comme avec horreur.

—Oh! gémit-il, je me demande comment je ne lui ai pas fait peur!

Pauvre Cassoulet! voulant se persuader qu'il n'était pas si laid qu'on pouvait penser, il venait d'apercevoir dans la petite glace une figure, Oh! mais une figure effroyable!... oui, une figure toute sale et noire de poudre! Ah! il avait oublié, le malheureux qu'il s'était battu contre les Anglais ce soir-là!

Il s'assit à sa table, mit les coudes dessus, prit sa tête dans les mains et demeura longtemps méditatif.

Après un quart d'heure de cette rêverie, ses lèvres ébauchèrent un rictus amer, et il murmura:

—Que faire pour me guérir de cet amour extravagant, stupide, fou? On conseille de confier à quelqu'un une peine dont on veut se décharger... est-ce qu'on ne peut pas confier un amour impossible qui est bien le plus terrible des peines? Oui... si je pouvais confier ma peine, mon amour, il me semble que je ne souffrirais pas autant! Oui, je sens le besoin de décharger mon esprit, d'alléger mon coeur! Car mon amour est un secret, et il n'est pas de plus lourd fardeau à porter que le secret qui veut tomber des lèvres! Il faut que je rejette ce fardeau, sinon il m'écrasera! O supplice! aimer tout bas, et ne pouvoir aimer tout haut! Quelle torture!... Mais à qui me confier? A qui demander une consolation?... A elle, peut-être? Oui, à elle-même? Et pourquoi pas? Est-ce que ce secret ne lui appartient pas la première? Ne lui ferais-je pas injure d'aller confier à autrui un chagrin qui me vient d'elle? Oui, mais elle rira... oh! si elle rira de ce fou de Cassoulet! N'importe! quand elle rira, une chose certaine, je ne serai plus de ce monde! Non, je ne serai plus de ce monde. ajouta le jeune homme avec une farouche énergie... car demain, oui demain, je veux me faire tuer par les Anglais!

Et rudement le lieutenant saisit une plume qui trempait dans l'écritoire, attira une feuille de papier et se mit à écrire, d'une grosse écriture irrégulière et malhabile, ceci:

"Mademoiselle, pardonnez-moi mon au-
"dace et ma sottise... mais je ne peux
"plus garder un secret qui me fait souffrir
"atrocement: je vous aime!... Oh! ça vous
"fait rire et ça vous fait me mépriser... et
"vous avez bien raison! Mais j'aime votre
"mépris, puisque c'est le vôtre, et je l'em-
"porte dans ma tombe comme j'empor-
"rais un aveu d'amour tombé de vos lèvres
"divines..."

Cassoulet.

Il relut attentivement ces lignes et sourit.

—Le sieur Baralier aurait fait mieux que cela, je le sais bien; tout de même je suis content, je me sens déjà soulagé. Allons! je vais de suite aller glisser ce billet sous sa porte pour qu'elle l'ait demain matin à son lever.

Cassoulet reprit sa rapière et son chapeau, s'enveloppa d'un manteau sombre et quitta sa mansarde.

Après vingt minutes de marche il était arrivé à l'impasse de la cathédrale. Tout était sombre et silencieux.

—Elle dort... pensa Cassoulet.

Il se baissa et doucement fit glisser son message sous la porte. La minute d'après il reprenait le chemin du Château.

Ah! mais de quel fardeau monstrueux il se sentait allégé! Et son coeur ne faisait plus mal! Et son esprit était en fête sans pouvoir en expliquer la cause! Il marchait allègrement, gaiement! Il humait avec une jouissance exquise l'air frais et embaumé de la nuit! La vie lui paraissait belle et bonne... comme un rêve! La vie?... Ah! tout à l'heure il avait juré de se faire tuer le lendemain par les Anglais, mais il avait

oublié son serment! Il ne songeait plus à
la mort! La mort?... Quand on porte la
vie en soi? Allons donc! Et quelle vie encore! Car Cassoulet entendait résonner
au plus profond de son coeur une musique
céleste, tout son être tressaillait d'allégresse à ces divins accords, son âme exultait!
Ses oreilles éclataient sous des chants d'a-
mour qui les remplissaient! Et il avait
devant lui la magnifique vision d'une belle
jeune fille qui lui souriait... un ange! Il
croyait entendre encore une bouche toute
rose, une bouche de fée ou de déesse murmurer à son oreille...

"Cassoulet, je vous aime aussi..."

Ah! à voir une telle vision, à entendre
de tels chants, à sentir une telle allégresse,
à écouter de telles paroles, est-ce qu'on peut
songer à la mort? Jamais! c'est la vie
dans toute sa puissance qui s'offre, qui sourit, qui console, qui guérit!

Et ce fut dans cet état d'esprit que Cassoulet tomba bientôt sur son lit de sangle
pour s'endormir d'un sommeil éblouissant!

. . . .

Hermine se levait de bonne heure...
avec le soleil. Elle faisait le déjeuner,
puis le petit ménage et à sept heures et
demie elle se trouvait à la cathédrale pour
entendre la messe. Elle se levait toujours,
tous les matins, gaie et heureuse.

Mais ce matin-là, elle avait un air plus
heureux, car elle souriait largement: elle
pensait à Cassoulet. Elle se jeta sur son
prie-Dieu et fit une courte prière. Mais il
faisait sombre dans le logis: elle alla pousser le volet de la fenêtre. Le soleil se levait
au loin, ses premiers rayons doraient le
clocher à demi démoli de la cathédrale.
C'est tout ce qu'elle pouvait voir de son
impasse, avec un morceau de ciel bleu au-
dessus de sa tête. Elle se pencha hors de
sa fenêtre. Tout était tranquille. Une brise fraîche et parfumée fit voltiger les mè-
ches de ses cheveux d'or. De toutes parts
partaient des chants d'oiseaux. Que la vie
était belle!... Puis son regard se promena
dans l'impasse... Ne se rappelait-elle pas
que son père la veille au soir lui avait dit
qu'un homme avait été tué dans l'impasse?
Oui... mais elle ne vit nul corps inanimé...
nul cadavre... pas même du sang! Est-ce
que Maître Turcot n'avait pas rêvé? Tout
ce que son regard curieux rencontra, ce fut
un boulet de fer... un boulet anglais, sans
doute, qui avait dû rouler jusque-là! Sa
pensée, un peu distraite par les derniers

événements du soir précédent, retrouva
l'image de Cassoulet. Le sourire à ses lèvres demeurait. Elle quitta sa fenêtre. Son
regard perçut alors quelque chose de blanc
sous la porte. Un papier?... Elle y courut. Oui, c'était un papier soigneusement
plié. Elle le releva, d'une main tremblante
le déplia, et soupçonnant déjà de qui lui
venait ce message, et souriant davantage,
elle lut, frémissante de tout son être, l'épî-
tre du lieutenant.

—Brave Cassoulet! murmura-t-elle.

Et ses beaux yeux bleus, mais des yeux
de pervenche, se mouillèrent. Son sein s'a-
gita faiblement en parcourant une deuxième fois la dernière ligne, là où Cassoulet
disait qu'il emporterait son mépris, à elle
Hermine, dans la tombe!...

Elle le mépriser? Où avait-il donc pris
cette idée? Parce qu'il l'aimait et qu'il le
lui disait? Mais c'était tout naturel!

Mais encore que voulait-il dire par "emporter son mépris dans la tombe"?...

La jeune fille eut peur de deviner la pensée de son amoureux! Elle perdit tout à
coup son sourire. Son sein devint plus agité. Dans son corsage bleu, mais plus bleu
que ses yeux, elle glissa le billet, jeta un regard vers la pendule et vit qu'il était déjà
six heures. Six heures! et son lit qui n'é-
tait pas encore fait! Et le fourneau qui
n'était pas encore allumé! Et le déjeuner
de Maître Turcot qui n'était pas encore
fait!

Vivement elle se mit à l'oeuvre, oubliant
un peu Cassoulet et le reste du monde, si
bien qu'une demi-heure après tout était
prêt. Frais, dispos, jovial, Maître Turcot
fit son apparition. Il frottait l'une contre l'autre ses grosses mains qu'il essayait
de tenir aussi blanches que celles de Monseigneur l'évêque.

—Beau jour, Hermine, fit-il en entrant.
Un grand soleil. Une brise de printemps.
Des oiseaux qui gazouillent. On ne dirait
pas qu'on est au mois d'octobre. On se
croirait en juillet. C'est magnifique!

—Un vrai matin d'été, père, sourit la
jeune fille.

—Oui, oui, un vrai matin d'été. Et tu as
fait une bonne nuit, Hermine? Je vois que
tu es reposée. Une chose que je veux te
dire: tu travailles trop, le soir. Tu abîmes
tes doigts et tu brises tes yeux. Tiens!
c'est drôle, j'allais oublier cette histoire
d'hier soir... cet homme qu'on a abattu
sur l'impasse...

—Je ne l'ai pas vu non plus, dit la jeune fille, quand j'ai regardé ce matin en me levant.

—Il faut croire qu'il n'était qu'assommé, et qu'il a pu se lever et regagner son domicile. Voyons... déjeunons! Il me semble que j'ai une faim...

Il s'assit à la table couverte d'une nappe de toile blanche, sur laquelle Hermine avait disposé un potage, des oeufs et du fromage. Elle alla à l'armoire et en rapporta une coupe de beau cristal et une carafe d'un vin rouge à l'air pétillant.

Maître Turcot prit la carafe, se vida une rasade et dit, heureux :

—Décidément, on ne peut dire que la vie est désagréable... à ta santé, Hermine!

Mais Maître Turcot n'avait pas vidé à moitié sa coupe, qu'une main frappa rudement dans la porte.

—Oh! oh! fit le suisse avec surprise en regardant sa fille, voici une visite un peu matinale!...

Il se leva et alla ouvrir.

Un homme, enveloppé dans un manteau d'étoffe brune, se précipita à l'intérieur du logis, gémissant d'une voix nasillante :

—Ah! Maître Turcot... quel malheur! quel malheur!...

—Oh! mais, c'est maître Baralier! s'écria le suisse avec étonnement.

—Hélas!... fit l'épicier.

Et, ayant jeté cette parole de désespoir, il jeta son manteau sur un siège et se laissa choir dessus.

—Que se passe-t-il donc? interrogea Maître Turcot.

—Ah! si vous saviez, mon ami!

—Un malheur?

—Un grand malheur... quasi un assassinat!

—Un assassinat!

Maître Turcot tremblait.

Hermine, non moins émue et tremblante, supplia :

—Parlez vite, monsieur Baralier!

—Ah! parler, mademoiselle... est-ce que je le pourrai seulement? Voyez, je frissonne de tout mon pauvre corps! Voyez mes mains comme elles tremblent!... Oh! mademoiselle... de l'essence de menthe pour frotter mes mains...

—Vite, de l'essence de menthe! cria Maître Turcot.

La jeune fille alla vivement chercher une petite fiole dans l'armoire.

—Ah! ça, de quel assassinat voulez-vous parler, Maître Baralier? interrogea le suisse, tout blême.

—Mon fils... mon pauvre fils... hoqueta l'épicier.

Et en même temps que ces paroles et ce hoquet il renversa sa tête à cheveux blancs sur le dossier du fauteuil et demeura immobile, comme frappé de mort.

—L'essence... l'essence de menthe! clama Maître Turcot.

La jeune fille se précipita avec un linge qu'elle venait d'imbiber et se mit à frotter activement les tempes de l'épicier. Hermine n'était plus aussi maîtresse d'elle-même que la veille de ce jour. Cette nouvelle d'un assassinat, ce malheur dont parlait diffusément Baralier, lui donnait la vision d'une scène terrible et sanglante qui avait pu se passer la veille au soir ou dans l'impasse ou sur la place de la cathédrale... Et une scène dans laquelle Cassoulet et le fils de Baralier avaient dû jouer un rôle. Alors, Hermine redoutait d'entendre à tout moment le sieur Baralier proférer une accusation contre le lieutenant des gardes.

Mais là... le vieux était-il donc trépassé qu'il ne remuait plus? Pourtant, il respirait!

Tout effaré Maître Turcot ne cessait d'appeler :

—Maître Baralier, revenez à vous!... Maître Baralier, reprenez vos sens!...

Il frictionnait les mains blêmes et sèches du vieux négociant.

Hermine tamponnait toujours de son linge imbibé d'essence les tempes de l'épicier. Parfois elle posait le linge sous les narines du vieillard.

Lui, demeurait rigide, les jambes allongées. Avec ses traits livides, ridés, il ressemblait à un cadavre. Pour riche que passait Maître Baralier, il était assez pauvrement vêtu. Outre son manteau d'étoffe brune, effiloché, il portait une sorte de redingote d'un velours jaune et sale, usée, rapiécée aux coudes. Sa culotte d'étoffe grise était également usée, rapiécée et tachée de graisse. Ses bas noirs étaient sales, ses gros souliers ferrés à boucles d'acier étaient couverts de poussière. Jusqu'à son bicorne, tombé par terre, qui avait un aspect plus que défraîchi.

Ah! c'est que Maître Baralier n'avait pas gagné et amassé son argent à faire des prodigalités! Ah! non! On disait même qu'il était joliment pignouf. Et le sachant tel, on se demandait comment il pouvait supporter les dépenses extravagantes et les folies que se permettait son excellent fils. Mais c'est qu'on ne connaissait pas les quatre faces de Maître Baralier! Pensez-vous en bonne vérité qu'il était homme à payer de sa bourse les folies de son fils? Que non pas! Maître Baralier était un commerçant retors, il avait passé sa vie dans le commerce, il s'y connaissait. Aussi avait-il faux poids et fausses mesures, et vous comprenez que ses clients se chargeaient généreusement de payer les folies de son fils! Oui, mais à la fin on n'était pas si bête que de ne pas s'apercevoir que Maître Baralier trichait! Aussi, depuis quelque temps de fort mauvais propos couraient et trottaient sur le compte de l'épicier, sur son honnêteté en particulier. Or, si donc de tels propos allaient leur train, c'est que Maître Baralier n'était pas accusé à tort. Quand le chien aboie, c'est qu'il flaire! Oui, le fils Baralier se pavanait, s'amusait, gourgandait, libertinait avec la monnaie des clients de son père. Oh! ce n'est pas à lui qu'il fallait jeter la pierre, il n'en savait rien. Il se contentait de piger dans la caisse paternelle, sans s'inquiéter de quelle façon la caisse s'emplissait et se remplissait.

Toujours est-il que Maître Baralier, à force de subir les frictions de Maître Turcot. à force de se faire tamponner les tempes par Hermine et de respirer les parfums capiteux de la menthe, reprit ses sens et se raffermit sur son siège.

Il tapota sa tête, pinça son nez long, puis regarda avec une sorte d'effarement Maître Turcot et sa fille. On eût dit qu'il revenait d'un autre monde. Il avait l'air fort déséquilibré. Et tout à coup il ramassa son bicorne, l'enfonça sur ses yeux, se leva et saisit un bras de Maître Turcot criant de sa voix plus nasillante que jamais:

—Venez! venez! mon fils veut vous parler!

—Ah! ça, il n'est donc pas mort, votre fils? s'écria le suisse ahuri.

—Ah! Maître Turcot, il n'en vaut guère mieux, je vous assure. Le médecin est là...

—Mais que lui est-il arrivé?

—Est-ce que je sais seulement? Il venait rendre visite à mademoiselle, et tout à coup... pan! Il a reçu un coup dans l'estomac et il est tombé.

—Mais où cela?

—Est-ce que je sais, Maître Turcot?

Celui-ci se souvient alors de la soi-disant bagarre qui avait eu lieu la nuit précédente dans l'impasse, et il pensa:

—Ah! diable! si c'était le fils de Maître Baralier, ce corps contre lequel j'ai buté! Oui, s'il avait été attaqué par des maraudeurs!...

Vivement il prit son chapeau et son manteau et dit:

—C'est bon, je vous suis, Maître Baralier. Hermine, ajouta-t-il, remets le potage au feu pour qu'il ne refroidisse pas!

—Ah! mademoiselle, mademoiselle... se lamenta le vieil épicier au moment de sortir, priez bien le bon Dieu pour qu'il en réchappe! Ah! quel malheur... quel malheur... mon unique enfant!

Les deux amis sortirent sur l'impasse et gagnèrent la Place de la Cathédrale.

Hermine les suivit du regard. Quand ils eurent disparu, elle rentra précipitamment, se laissa choir sur un siège et tira de son corsage la lettre de Cassoulet. Et très pâle, très agitée, elle relut la missive. Puis elle pencha sa tête blonde sur le papier blanc pour demeurer ainsi pensive un bon moment. Mais quand elle releva sa tête elle vit sur le papier une larme... oui, une larme à elle... qui brillait comme une goutte de rosée limpide. Elle s'en étonna. Vivement elle frotta ses yeux de son tablier. Et mue par une pensée nouvelle, elle alla à la tablette de la cheminée, y prit une écritoire et une plume qu'elle vint poser sur la table. Cela fait, elle alla à l'armoire d'où elle tira une feuille de papier et une enveloppe. L'instant d'après elle écrivait l'épitre suivante:

"Monsieur Cassoulet... ne mourez pas "avec mon mépris, mais avec mon amitié! "Mais vous ne mourrez pas, parce que je "ne veux pas, parce que je vous le défends, "parce que j'aurai peut-être besoin de "vous, parce que je sens que votre bras me "sera utile! Non, non, ne mourez pas... "mais vivez... vivez... vivez... Hermine."

Sur l'enveloppe elle écrivit d'une fort belle main:

Pour Monsieur Cassoulet.
Lieutenant aux Gardes de
Monsieur de Frontenac.

Mais il s'agissait à présent de faire parvenir le message à son adresse, ce n'était pas facile. Comment s'y prendrait-elle?... Tiens! une idée... le gamin de la mère Benoit!...

Hermine jeta une capeline sur sa tête, une mante sur ses épaules et sortit sur l'impasse. Elle jeta devant elle un regard perçant pour voir si Maître Turcot n'apparaissait pas tout à coup. Non, l'impasse était déserte. D'un pas léger et rapide la jeune fille gagna la Place de la Cathédrale qu'elle traversa pour s'engager dans une ruelle avoisinante. Dans cette ruelle, bientôt, elle s'arrêta pour frapper à la porte d'une pauvre maison.

Une femme d'une quarantaine d'années, accorte et souriante, vint ouvrir.

—Ah! c'est vous, mademoiselle Hermine? dit la femme avec un air accueillant.

—Je vous demande bien de me pardonner, madame Benoit, pour vous déranger de si matin. Je désire confier à votre petit garçon une missive pour une personne que je connais.

—Mais certainement, mademoiselle. Seulement, il est encore couché mon petit Paul. Ah! je vous dire qu'il est un peu fainéant, le galopin. Mais ça fait rien, je vais le réveiller.

—Oh! madame Benoit, ça ne presse pas beaucoup. Tenez! voici la missive qu'il devra aller porter au Château Saint-Louis; c'est pour Monsieur le lieutenant des gardes. Et voici un écu pour votre petit Paul.

—Merci bien, mademoiselle, merci beaucoup, dit la brave femme en prenant la missive et le bel écu d'argent. Je vais mettre le vaurien sur pattes en un temps. Soyez tranquille, votre missive sera à son adresse dans un tantôt. Mais vous n'entrez pas une petite minute?

—Non, madame Benoit, il faut que je retourne à mon logis de suite. Mais je viendrai vous rendre visite un de ces jours.

Hermine regagna rapidement son logis sans rencontrer âme qui vive.

Elle raviva le feu du fourneau et s'apprêta à prendre son déjeuner.

La porte s'ouvrit soudain poussée par une main dure, et Maître Turcot parut. Mais pas le Maître Turcot qu'on connaissait comme le suisse digne, serein, béat de la cathédrale, non; le Maître Turcot qui entrait là avait l'air d'une bête sauvage. Il soufflait comme un fauve épuisé d'haleine, il râlait, il hoquetait, il jurait, il rugissait, il grimaçait et faisait des gestes à pourfendre ciel et terre.

—Misérable! hurla-t-il en s'affaissant sur un siège.

Il foudroya sa fille d'un regard sanglant.

—Mon père... balbutia la jeune fille saisie d'angoisse, que veut dire...

Maître Turcot bondit.

—Tu raisonnes, malheureuse? Ah! gare à toi, sinon je te maudis!

Hermine s'écroula dans sa bergère et se mit à pleurer. Ah! c'est qu'elle devinait tout: oui, son père avait dû apprendre par le vieux Baralier ou son fils la visite que lui avait faite Cassoulet le soir précédent. C'était l'unique chose qui pouvait faire enrager ainsi Maître Turcot. Et quand il enrageait de la sorte, il était dangereux. Hermine, le connaissant, s'apprêta à subir courageusement son sort.

Le suisse regarda sa fille un moment, et parut s'étonner. A voir pleurer ainsi cette enfant, on eût dit qu'il allait s'apaiser. Mais non. Il poussa tout à coup un long ricanement, saisit la jeune fille par un bras, la secoua violemment et rugit:

—Je sais tout, entends-tu? je sais tout, gueuse!

Hermine sanglota lourdement.

Maître Turcot, dans toute sa fureur, se mit à marcher de long en large, bousculant les sièges, sacrant, jurant.

—Par le ciel! qui aurait pensé que ma fille, qu'on dit un ange, recevait, à la nuit venue, des malandrins, des gnomes, des farfadets, des diablotins qui lui viennent faire l'amour... oui qui l'aurait pensé? Par l'enfer! qu'est la vertu de nos jours? Hypocrisie! hypocrisie!... Ah! les filles... race de vipères! Allez donc vous fier à votre fille maintenant! Vous buvez à leurs lèvres le poison qu'y ont distillé des lèvres de mâles empoisonnés! Horreur! Ma fille à moi... oui ma fille, une ribaude! Est-ce possible? Par la mitre et la crosse! suis-je encore son père? Par le saint tabernacle! lui ai-je donné le jour? Par la messe! si cela est ainsi, je confesse que je ne suis plus qu'une brute!

Hermine continuait de pleurer doucement.

Maître Turcot s'arrêta près d'elle, frémissant, grinçant des dents, et de nouveau la secoua rudement par un bras.

—Avoue, avoue, misérable! hurla-t-il. Avoue que Cassoulet est venu et qu'il a failli tuer le fils de mon ami Baralier!

—J'avoue... soupira Hermine, croyant ainsi désarmer son terrible père.

—Malheureuse! Avoue aussi qu'il t'a fait l'amour, le gredin!

—Non, non, père... il a été bien sage et
bien poli !

—Sage et poli, ricana Maître Turcot,
voyez-vous ça ! Tu mens, Hermine ! Tu m'as
menti hier ! Qu'on me dise à présent ce
qu'il faut penser d'une fille qui ment ainsi
à son père ! Hein ! dis... que veux-tu que
je pense de toi ! Ah ! je te dompterai, vilai-
ne !

Il saisit la pauvre enfant, la souleva au
bout de ses bras puissants et la serra avec
force. Sa face rouge devenue blanche était
si effrayante à voir, et il y avait une telle
menace de mort dans ses yeux ensanglan-
tés, qu'Hermine ferma les siens.

Lui, tout à coup, poussa un cri strident
suivi d'un rire affreux : il venait de voir
surgir hors du corsage de la jeune fille un
papier... le message de Cassoulet. Il laissa retomber Hermine sur la bergère, enleva
le papier et se mit à le lire en jurant et en
blasphémant.

—Ah ! oui, c'était bien lui ce Cassoulet,
ce manchot, ce nain de satan d'enfer ! Oh !
il emporte ton mépris dans la tombe, hein ?
Eh bien, si demain il ne l'a pas encore emporté, crois-moi, il l'emportera et avec mon
souvenir à moi !

Il déchira le papier, le froissa, le jeta
par terre et le piétina avec rage. Il avait
l'air fou. Puis, repris d'une nouvelle sorte de rage, il se jeta sur le canapé pour ru-
gir, pleurer, mordre...

Durant un long moment et au travers de
jurons, de paroles indistinctes, de cris, de
vociférations, on pouvait saisir ces mots
proférés avec une haine farouche :

—Je le tuerai ton Cassoulet maudit...
je le tuerai...

I V

LA MAIN DE FER

Le soleil était haut lorsque Cassoulet fut
réveillé par l'entrée dans sa mansarde d'un
domestique qui lui remit une lettre.

Il frotta ses yeux avec étonnement, lut la
souscription sur l'enveloppe et, ne reconnaissant pas l'écriture, hocha la tête et
murmura :

—Ah ! diable, qui donc m'envoie de ses
nouvelles de si matin !

Il paraissait avoir oublié son aventure de
la veille.

Il renvoya le domestique et courut à sa
fenêtre. Il sursauta de surprise en décou-

vrant que le billet venait d'Hermine. Puis
il sauta de joie folle. Mais soudain il fut
pris d'un tel tremblement qu'il dut se rasseoir pour ne pas tomber.

"Vivez... vivez... vivez !"... disait la
lettre.

Vivre !... ah ! oui, il allait vivre ! Cassoulet le jurait fermement, de même qu'il
avait juré fermement de se faire tuer ce
jour-là par les Anglais. Se faire tuer !...
Serait-il bête un peu ? Ne serait-ce pas insensé de se faire tuer, quand on lui disait
de vivre ! quand on lui disait qu'on avait
pour lui de l'amitié ! quand on semblait dire qu'on l'aimait !... Oui, il n'y avait pas
de doute là-dessus : Hermine l'aimait ! Elle
le disait presque clairement.

—Ah ! elle m'aime !... murmura le lieutenant, les yeux en extase au plafond de
sa mansarde.

Etait-ce bien possible ? N'était-ce pas un
rêve insensé ?

—Mais cette lettre !... se dit Cassoulet.

Il la baisa ardemment.

—Elle m'aime !...

Il parut s'évanouir en se laissant retomber sur son lit de sangle.

—Elle m'aime !...

Soudain il bondit, se rua vers le lavabo
sur lequel se trouvait une cuvette d'eau, et
dans la cuvette il plongea la tête, friction-
na son visage, frotta ses mains et s'essuya
hâtivement.

—Elle m'aime !... se disait-il toujours
ivre d'une joie folle.

Il ouvrit son garde-robe, en tira un magnifique manteau d'un beau gris, une redingote d'un gris non moins beau, une culotte de soie noire, des bas blancs, des souliers en cuir verni et à boucles d'argent. Il
se vêtit minutieusement. Puis il ajusta un
superbe jabot de dentelle fine des Flandres,
arrangea soigneusement ses cheveux qu'il
poudra et parfuma, se couvrit d'un splen-
dide bicorne à belle plume blanche et s'ar-
ma de sa rapière. Ainsi paré, il se contem-
pla dans son miroir.

Il se sourit.

—Je ne suis pas si laid qu'on pense !
murmura-t-il.

Ses yeux brillaient comme des flammes
ardentes. Son visage maigre et bistré se
colorait... mais de rougeurs de fièvre.
Qu'importe ! Mais tel qu'il apparaissait
dans son miroir, il n'était pas mal du tout.
Et il avait un air si conquérant, quand il
redressait et haussait sa petite taille, quand

il la cambrait, quand il raidissait la jambe...

—Ah! ah! fit-il avec orgueil, j'en vaux bien un autre! Par l'épée de saint Louis! ne suis-je pas Cassoulet, lieutenant des gardes de Monsieur le Gouverneur! Ne suis-je pas aimé par la plus belle fille du pays!

Il pirouetta et, sa main gauche... sa main de fer fièrement posée sur le pommeau de sa rapière, il descendit, majestueux, au rez-de-chaussée et traversa le grand vestibule. Gardes, huissiers, maîtres d'hôtel, valets s'inclinèrent jusqu'à terre sur son passage.

Il traversa la cour puis la place du Château et d'un pas alerte gagna la Place de la Cathédrale.

Onze heures sonnaient aux horloges de la cité.

Les passants s'effaçaient hâtivement et saluaient le lieutenant, jeunes femmes et jeunes filles se retournaient pour lui décocher un regard d'admiration. Cassoulet exultait. Il avait envie de crier à tous et à toutes sa joie, son bonheur, de chanter son amour! Et le ciel éclatait de lumières, une brise d'été soufflait, des chants d'oiseaux emplissaient l'espace ensoleillé. Des régiments paradaient, des tambours battaient, des fifres résonnaient et des enfants s'ébattaient joyeusement sur la chaussée. Nul n'eût dit que des navires ennemis menaçaient de leurs canons la cité et ses habitants. Nul n'eût pensé que la ville avait été deux fois bombardée la veille de ce jour, n'eût été quelques toits défoncés par ci par là, des rues labourées par les boulets, des trous creusés dans les pavés. Partout semblait régner un air de fête. Chose certaine, dans le coeur de Cassoulet c'était fête... et quelle fête!

Il atteignit l'impasse. Là seulement régnait le silence. Là seulement le soleil oubliait de se glisser, car les hauts murs de la cathédrale en interdisait les rayons. Mais là Cassoulet sentit son coeur battre plus vivement. Sa main gauche, sa main artificielle toujours sur la garde de sa rapière trembla. Mais le lieutenant se raffermit... il voulut être brave en amour comme en guerre!

Il fut un peu surpris de voir les volets clos, le logis d'Hermine silencieux, fermé.

Il frappa timidement, pas bien fort.

Son coeur battit plus vite et plus fort que n'avait cogné sa main dans la porte d'Hermine.

Il écouta.

Oui, il entendait un pas... son pas à elle certainement, il était si léger... léger comme celui d'une biche!

Et la porte s'ouvrit...

Alors, Cassoulet voulut reculer, mais la surprise le cloua sur ses pieds qui lui semblèrent deux boulets de plomb! Devant lui se grandissait la haute et terrible silhouette de Maître Turcot.

Et lui, le suisse, poussa un effrayant rire, un vrai rire de démon. Brusquement il saisit Cassoulet à sa petite taille qui craqua. Et le colosse, sans le moindre effort, serra de ses doigts puissants la taille fluette, souleva le freluquet et gronda comme un lointain tonnerre:

—Ah! ah! marmouset d'enfer! je vais donc pouvoir te faire ton compte!

Cassoulet d'un seul coup d'oeil avait vu le géant seul... Hermine n'était pas dans son logis! Donc, cette fois, Hermine ne pourrait pas intervenir en sa faveur, dans l'étau où il se trouvait pris, il n'avait plus qu'à attendre son écrasement à mort! Oui, mais Cassoulet n'était pas marmouset à se laisser mettre en charpie sans tenter de se défendre. Il voulut donc protéger, défendre son petit corps; et aussi brusquement et peu délicatement que l'avait saisi Maître Turcot, il saisit celui-ci à la gorge et de sa main de fer, disant en ricanant:

—En ce cas, Maître Turcot, nous allons régler nos comptes ensemble et en même temps!

Et Cassoulet serra à son tour...

Maître Turcot poussa un cri... mais un cri comme jamais il fut possible à un être humain d'en pousser! Un cri qui éclata dans l'étroite impasse comme un violent coup de foudre! Un cri qui secoua la bicoque, qui fit trembler toute la capitale, qui fit trépider le ciel et la terre!

Le géant lâcha la taille de Cassoulet et porta ses deux mains à sa gorge. Mais, chose étonnante, Cassoulet, lui, ne lâcha pas... il demeura suspendu par sa main gauche à la gorge de Maître Turcot.

Le colosse poussa un autre cri... ah! quel cri! un autre encore... et un autre...

Puis il hurla... ah! quel hurlement!... il hurla tant, que bientôt accoururent des voisins... que bientôt survint toute la population. L'impasse se remplit d'un monde surexcité, effaré qui se bousculait, jurait, se heurtait, vociférait. On sonna le tocsin!... Dans la bicoque Maître Turcot continuait de hurler en se roulant sur le plancher, en bavant, avec Cassoulet accroché à sa gorge par la terrible main de fer. Ceux qui réussirent à approcher de la porte et à regarder à l'intérieur, reculèrent saisis d'épouvante. Jamais plus effrayant tableau ne s'était dessiné à leurs yeux!

Maître Turcot était devenu d'une face bleue, avec des yeux si agrandis qu'ils sortaient de leurs orbites. Et il hurlait de plus belle... il hurlait plus fort qu'un taureau qu'on assomme.

Cassoulet, ayant aperçu dans la porte des figures penchées et effarées, cria:

—Un forgeron!

La foule, de plus en plus tassée dans l'impasse et exaltée par les hurlements du suisse, hurla à son tour:

—Un forgeron!

Avec désespoir Cassoulet cria encore:

—Un serrurier!

Et il lui fallait toute sa force pour ne pas rouler sous la charpente colossale du suisse et pour maintenir celui-ci sur le dos.

—Un serrurier!... clama la foule chavirée par la folie de l'épouvante. Elle criait sans savoir! Elle appelait un forgeron, parce que Cassoulet avait crié un forgeron! Elle appelait un serrurier, parce que Cassoulet avait dit un serrurier! Pourquoi un forgeron et un serrurier? Elle n'en savait rien et elle ne s'en étonnait même pas, trop stupéfiée ou horrifiée qu'elle était.

Enfin, des gens crièrent à Cassoulet:

—Lâchez-le!... lâchez-le!...

Oui, mais Cassoulet ne pouvait pas lâcher. Et les doigts d'acier pénétraient toujours plus avant dans la gorge de Maître Turcot, et le sang giclait autour des doigts!

La maréchaussée parut, mais il lui fallut du temps pour percer la foule compacte de l'impasse et pour arriver à la porte de la bicoque.

A la vue de la scène qui se passait à l'intérieur, elle ne fut pas moins épouvantée que la masse du peuple.

—Ah! ça, s'écria avec stupeur, le major Prévost, c'est Cassoulet!...

—Un forgeron!... un serrurier!... vociféra Cassoulet.

Prévost et ses gardes demeurèrent sur le moment ahuris.

—Un forgeron!... clama encore Cassoulet.

Dans l'impasse la foule rugit:

—Qu'il lâche!... qu'il lâche!...

La scène devenait plus que horrible! On tremblait, on se statufiait, on regardait cette tragédie inouïe sans tenter de faire quoi que ce fût pour secourir le malheureux colosse qui ne cessait de hurler, de râler, de hoqueter, et dont le visage était devenu noir comme de l'encre.

Survint un forgeron armé de ses marteaux et de ses tenailles.

—C'est, dit Cassoulet, mon bras qui ne fonctionne plus... le mécanisme!

Le mécanisme!...

L'horreur parut grandir dans la masse du peuple... on commençait à comprendre.

Le forgeron coupa la manche du manteau de Cassoulet, la manche de la redingote, la manche de la veste, la manche de la chemise avant de mettre à nu le bras gauche du lieutenant des gardes. Alors il vit le bras d'ivoire et la main de fer. Il ne voyait pas les doigts d'acier qui disparaissaient dans la gorge de Maître Turcot.

—Voyez, ça ne fonctionne plus! dit Cassoulet aussi horrifié que le suisse, que la foule elle-même.

Le forgeron se mit à travailler avec ses tenailles, avec ses marteaux... Un silence se fit de toutes parts, les respirations demeurèrent en suspens. Maître Turcot lui-même suspendit ses hurlements. Enfin, le forgeron réussit à séparer le bras artificiel du reste du bras naturel, et il releva Cassoulet.

Alors, Maître Turcot bondit, jeta un nouveau hurlement, et avec la main de fer et le bras d'ivoire attachés à sa gorge il se rua contre les gardes, fonça sur la foule, se jeta dans l'impasse. La bousculade fut effroyable. Puis Maître Turcot gagna la Place de la Cathédrale, se fit jour par une trouée formidable dans la foule pressée sur la place, enfila une ruelle, s'engouffra par la rue Saint-Louis et s'arrêta, haletant, hoquetant, râlant comme un porc sous saignée, devant la porte d'un chirurgien. Comme un fou il fit jouer le heurtoir. A la vue de cet homme avec sa main de fer accrochée à sa gorge qui saignait, le chirurgien faillit tomber à la renverse.

Par toute la ville une effroyable clameur se répandait. La rue Saint-Louis s'emplissait d'une foule en délire, hurlante... On eût dit un ouragan gigantesque qui allait tout broyer sur son passage. Les clameurs, les cris, les vociférations étaient si retentissants que l'ennemi commença de s'émouvoir. Quelques navires de la flotte anglaise hissèrent leurs voiles, comme s'ils allaient prendre la fuite vers la mer. Mai, l'amiral Phips réussit à maintenir l'ordre, et il allait ordonner un nouveau bombardement... mais il n'osa pas donner cet ordre de suite, tant lui parut étrange ce qui se passait dans la ville !

Car les canons du fort se mirent à tirer en signe de détresse ! Toutes les cloches de la cité furent mises en branle ! Des bataillons de marins et d'infanterie, et des compagnies de miliciens couraient vers la rue Saint-Louis et se heurtaient à la foule du peuple en tête de laquelle venait Cassoulet. Et cette foule courait vers l'habitation du chirurgien, et Cassoulet criait à tue-tête :

—Mon bras... ma main... au voleur...

Derrière Cassoulet suivait, essoufflé, suant, un serrurier avec sa boîte d'outils.

La maison du chirurgien fut assiégée. L'homme de l'art, ayant enfin compris ce dont il s'agissait, laissa entrer le serrurier et Cassoulet. Les gardes et les soldats contenaient la foule avec peine.

Maître Turcot, étendu de tout son long sur le parquet du vestibule, agonisait, la face plus noire, la langue toute bleue et sortie d'une aune, et avec la terrible main de fer toujours accrochée à sa gorge.

Le serrurier travailla une heure... Hélas ! il ne connaissait pas le mécanisme. Cassoulet surveillait l'opération et pensait :

—Le pauvre suisse, pourvu qu'il en réchappe !

Enfin, sous la pesée d'un outil le mécanisme fit entendre un déclic et la main de fer se détendit, les doigts d'acier lâchèrent prise.

Le serrurier regarda Cassoulet avec satisfaction :

—C'est, expliqua-t-il, un ressort qui s'est démanché !

C'était vague, si vous voulez, mais enfin c'était convaincant.

M. de Frontenac et plusieurs officiers arrivaient.

Le Gouverneur aperçut Maître Turcot qui revenait peu à peu à la vie, avec sa gorge horriblement mutilée. Puis il vit Cassoulet avec les manches de ses vêtements coupés et son moignon de bras à nu. Puis enfin il découvrit le serrurier en train d'examiner la main de fer tout ensanglantée.

Il demeura d'abord abasourdi.

Mais Cassoulet lui expliqua en peu de mots l'aventure.

Alors M. de Frontenac partit d'un rire énorme.

Ses officiers éclatèrent de rire.

Les gardes et soldats à la porte du chirurgien se mirent à rire aux plus francs éclats.

Et la foule, enfin, ayant appris que Maître Turcot était sain et sauf, et que toute l'affaire était dûe au bras d'ivoire de Cassoulet et à son mécanisme qui avait cessé de fonctionner, oui, la foule du peuple éclata à son tour.

Ce fut pendant une heure un formidable éclat de rire qui s'éleva de l'enceinte de la capitale et qui se répandit sur le pays environnant. Les Anglais entendirent ce rire énorme et n'en purent naturellement comprendre le sens. Mais croyant qu'on riait d'eux, ils s'en formalisèrent. Phipps, en fureur, fit ouvrir le feu contre la ville.

Dès lors, sur la cité tomba un déluge de fer et de feu... mais elle n'en continuait pas moins de rire.

Seul, peut-être, Maître Turcot ne riait pas !

V

OU ETAIT LA BELLE HERMINE ?

Et si Cassoulet riait, ce n'était pas de coeur gai : c'était plutôt de voir rire les autres. Il se trouvait, lui, dans une position qui ne prêtait pas à rire le moindrement.

Il était là, d'abord, sans manches à son bras gauche qui n'offrait qu'un vilain moignon, attendant avec impatience que le serrurier pût faire fonctionner le mécanisme du bras artificiel. Ensuite, il était dans une grande inquiétude à l'égard d'Hermine. Car il n'avait pas vu la jeune fille dans son logis. Qu'était-elle devenue ? Or, pour le savoir Cassoulet était prêt à mettre la ville sens dessus dessous. Aussi, n'attendait-il que son bras artificiel pour se mettre à la recherche d'Hermine.

Quant à Maître Turcot, on l'avait transporté dans une chambre de la maison du chirurgien. Il avait paru d'abord revenir à la vie ; mais bientôt il donnait des signes inquiétants. Allait-il trépasser ? Le chirurgien, tout en pansant les meurtrissures de sa gorge, le redoutait. Car le suisse avait perdu beaucoup de sang, et il paraissait si faible que sa vie ne semblait plus tenir qu'à un fil. Cette nouvelle courut par la ville, et le peuple s'en émut, car il estimait le suisse de Monseigneur l'évêque. C'eût été une grande consternation que d'apprendre que le magnifique suisse ne relèverait plus de sa présence et de sa dignité les saints offices! Le peuple commençait donc à murmurer de colère contre Cassoulet à qui il reprochait d'avoir mis en danger de mort la vie précieuse de l'excellent suisse.

Cassoulet n'entendait rien, ne voyait rien que son bras artificiel que le serrurier essayait de faire fonctionner comme avant. Enfin, après deux longues heures il réussit à remettre en place le ressort qui s'était démanché au moment où avec une trop grande énergie Cassoulet avait serré la gorge de Maître Turcot. Comme la foule était curieuse de savoir au juste ce qui s'était passé, le major Prévost la renseigna le mieux possible sur la provocation du suisse et sur le fonctionnement du mécanisme.

La foule se dispersa peu à peu pas tout à fait satisfaite. Car disons qu'elle n'aimait pas Les Gris qui, souvent, faisaient brutalement respecter les édits parfois despotiques de M. de Frontenac. Naturellement elle ne pouvait aimer celui qui commandait Les Gris, c'est-à-dire Cassoulet. Or, elle en voulait à ce dernier d'avoir meurtri la gorge de Maître Turcot, honorable suisse. Il est vrai que l'affaire n'avait été qu'un accident, comme l'avait expliqué le major Prévost, et que Cassoulet ne l'avait pas fait exprès. Mais il y a tant de gens qui ne veulent rien entendre ni comprendre: de même que le mécanisme du pauvre Cassoulet, le mécanisme qu'ont ces gens dans la tête de fonctionne pas ou fonctionne mal, car souvent à ce mécanisme il manque quelque chose, ou quelque chose est démanché. Et ceux-là qui en voulaient à Cassoulet, cherchèrent à faire passer le lieutenant pour un vulgaire assassin. Et la calomnie avait d'autant plus de prise que l'affaire du fils de Baralier avait déjà transpiré. On savait déjà un peu partout que, la nuit précédente, Cassoulet avait quelque peu tué l'étudiant en loi. Et voilà maintenant qu'il avait tenté de tuer quelque peu le suisse de Monseigneur l'évêque. C'était donc un monstre que le lieutenant des Gris, que ce manchot! Voilà qu'il s'attaquait aux gens les plus considérés de la capitale:

l'épicier Baralier et le suisse de la cathédrale!

Les esprits s'échauffaient. Malgré l pluie de fer qui tombait, on se formait c et là par groupes, on se serrait contre le murs des habitations pour ne pas rece voir des boulets sur la tête. On discutai vivement, et l'on finissait par vouer Cas soulet à la mort. N'était-ce pas affreux que de s'attaquer à un personnage honorabl comme Maître Baralier? Déjà on oubliai ses tricheries. N'était-ce pas horrible d le vouloir priver de son unique enfant, u beau jeune homme instruit et qui ne man querait pas de devenir un pernonnage? O oubliait ses fêtes et ses débauches. N'était ce pas inouï de vouloir tuer Maître Turcot très honorable suisse et le meilleur des chrétiens de la capitale? Plusieurs oubliaient que Maître Turcot, le meilleur des chrétiens, faisait à la sourdine le commerce des eaux-de-vie.

Il arriva donc que Cassoulet n'eut plus aucun mérite et qu'il ne pouvait plus s'attirer aucune pitié. Une chose pourtant: on l'estimait encore un peu, et en dépit de soi et de sa bonne volonté, parce que le lieutenant des Gris était brave et qu'il avait tué bien des Anglais et bien des Iroquois. Mais ce n'était tout ce qui restait en sa faveur. Aussi se trouvait-il profondé ment rabaissé dans l'estime du peuple.

Et lui, le pauvre Cassoulet, qui regrettait tant l'accident! Ah! si on avait pu voir au fond de sa pensée! Mais il ne pouvait toujours pas s'apitoyer outre mesure sur le sort incertain de Maître Turcot.

Sa pensée trottait activement après une autre personne... Hermine! Hermine qui l'aimait... Hermine qui, en ce moment, peut-être bien malheureuse, l'appelait à son secours! Oui, mais là, il ne fallait pas que Maître Turcot mourût, car alors Hermine en voudrait à Cassoulet d'avoir tué son père! Et elle haïrait Cassoulet! Elle mépriserait Cassoulet! Et les si beaux rêves ébauchés s'évanouiraient du coup! Ah! quels tourments assiégèrent soudain l'esprit du lieutenant! Le mieux à faire, c'était de retrouver Hermine, de lui expliquer la chose et d'obtenir son pardon. Cassoulet la convaincrait qu'il n'avait pas fait exprès.

Ce fut donc avec joie qu'il vit son bras et sa main artificiels rafistolés et remis en place par le serrurier qu'il récompensa largement. Puis il courut à sa mansarde du château pour endosser d'autres vêtements et se mettre en quête d'Hermine. Tout le château tremblait au choc des détonations des canons du fort Saint-Louis. Et comme la veille les canons des navires anglais crachaient feu et fer sur la capitale, mais, heureusement, sans causer plus de dommages. Une bicoque avait pris feu, mais de suite des voisins avaient éteint l'incendie.

Cassoulet, réhabillé de neuf et quelque peu remis de sa mésaventure, quitta le château.

Il était quatre heures et le jour déclinait. Des projectiles continuaient de fendre l'espace en sifflant. Plusieurs tombaient dans les rues sans causer d'autre mal que de faire éclater le pavé, de creuser des trous dans la chaussée. De temps en temps un toit était atteint. Alors on attendait un craquement, puis les habitants sortaient dans la rue et regardaient le toit défoncé. Ils hochaient la tête et rentraient dans leurs logis. Chose curieuse, en dépit du bombardement, Cassoulet remarqua beaucoup de monde dans les rues. Plusieurs allaient à leurs affaires comme d'habitude. Les boutiques et les échoppes étaient ouvertes, les magasins regorgeaient de clients, on rencontrait même de simples promeneurs. Qui l'aurait cru? C'est que les boulets anglais ne faisaient aucun mal... si peu de mal que cette pluie de fer semblait amuser les enfants.

En effet, tout en se dirigeant vers la cathédrale, Cassoulet traversa des ribambelles d'enfants qui ramassaient dans les rues des boulets de fer pas plus gros que leur tête et en faisaient des pyramides. D'autres les enlevaient dans leurs petits bras et allaient les faire rouler dans une côte voisine. Tout ce petit monde n'avait jamais eu tant de plaisir. Leurs jeunes éclats de rire se confondaient avec le roulement terrible des batteries du Fort Saint-Louis qui, maintenant, commençaient à prendre le dessus et faisaient taire peu à peu les batteries anglaises. Non loin de la cathédrale, une commère sortit tout à coup de son logis, juste au moment où Cassoulet passait, traversa la rue et alla plus loin ramasser un boulet ennemi. Une voisine l'aperçut du seuil de sa porte.

—Qu'est-ce que vous voulez donc en faire, mère Giroux? demanda la voisine étonnée.

—En faire? fit la bonnefemme en mettant le boulet dans son tablier. Eh bien!

je vais vous dire, c'est pour mon vieux qui s'est enrhumé hier. Voyez-vous, il est couché et il a ses pieds gelés, et je veux faire chauffer cette boule pour lui mettre à ses pieds.

—Tiens, c'est une idée! fit la voisine ébahie.

—Je vous crois, ma chère dame, c'est bien mieux qu'une brique, attendu que ça garde plus longtemps sa chaleur!

Et précipitamment la bonnefemme rentra chez elle avec son boulet.

Cassoulet arriva sur la Place de la Cathédrale où ne tombait, cette fois, nul projectile. Il revit l'endroit où, la veille, sa monture, Diane, était tombée; il y avait encore du sang coagulé que les passants évitaient avec soin et en se signant, croyant que ce sang était celui du jeune sieur Baralier qu'on avait tenté d'assassiner la nuit précédente.

Notre héros gagna rapidement l'impasse au fond de laquelle était le logis d'Hermine.

Les volets étaient fermés et la porte close. Cassoulet frappa. Personne ne répondit. Il tâta la porte, elle n'était pas verrouillée. Il l'ouvrit et jeta un rapide regard dans l'intérieur. Le logis était désert, mais Cassoulet remarqua que le désordre produit par sa lutte avec Maître Turcot n'avait pas été réparé. Donc Hermine n'était pas revenue. Il referma la porte en soupirant.

Où était Hermine?

Cette question inquiétante brûlait son esprit.

Au bout du logis il découvrit un étroit et obscur passage. C'est par ce passage qu'on se rendait dans une cour en arrière de la bicoque, et où se trouvait une autre bicoque qui servait de domicile à Maître Turcot. Mû par une curiosité bien naturelle, Cassoulet traversa le passage et la petite cour et alla frapper à la porte de l'autre bicoque.

Le lieutenant des gardes était sûr que Maître Turcot n'était pas là, qu'il était encore chez le chirurgien, entre la vie et la mort. Il pouvait donc frapper à cette porte sans danger. Sous son heurt la porte s'ouvrit; et le logis du suisse, comme celui d'Hermine, était désert. Seulement, là, dans ce logis d'un suisse de la cathédrale, la curiosité de Cassoulet éprouva une grande surprise. Le logis ressemblait à un cabaret mal famé, avec un désordre tel qu'il accusait une terrible orgie. C'était, de prime abord, un taudis de puanteur et de saleté.

Des deux tables du logis l'une était reuversée, sur l'autre s'étalaient des gobelets, des flacons, des carafes et des cruches. Il y avait plusieurs sièges aussi renversés. Des armes, des ustensils et des outils de toutes espèces étaient çà et là éparpillés. Et de tout ce cahot s'échappait un relent de taverne qui saisit Cassoulet à la gorge.

—Oh! oh! Maître Turcot était donc un ivrogne?

Cassoulet ne tomba pas à la renverse, mais peu s'en fallut. Et plus qu'un ivrogne encore... Maître Turcot tenait taverne en son logis! Cassoulet voulut douter malgré ce que ses yeux lui montraient. Mais il voulut aussi se convaincre: il entra. Son premier regard avisa au fond de la masure une porte très basse, très étroite et fortement verrouillée. Il alla à cette porte, poussa les verrous et tira à lui. Il sourit de l'ingéniosité de Maître Turcot: cette porte donnait sur un étroit et sombre passage longeant les murs de la cité et abouttissant à une ruelle qui, à son tour, longeait le mur qui entourait le palais épiscopal. Donc par ce passage et par cette porte Maître Turcot recevait des clients: noctambules, riboteurs, racaille, ribauds, pochards, piffres et brimbaleurs.

Cassoulet pensa ceci:

—On a dit Maître Turcot riche! Ce n'était certainement pas les cent écus que lui paye Monseigneur pour sa charge de suisse qui auraient pu l'enrichir! Non... car Maître Turcot possédait un autre métier, et voici que j'en fais la découverte: Maître Turcot fait le commerce de l'eau-de-vie tout en s'abreuvant sa part!

Cassoulet ne s'étonna pas outre mesure: car qui ne faisait pas la traite de l'eau-de-vie à cette époque? M. de Frontenac semblait la favoriser, encore que Monseigneur l'évêque la condamnât du haut de la chaire. Le lieutenant des gardes se mit à rire.

—Il ne manquait plus que ça, murmura-t-il, qu'un respectable suisse de Monseigueur se livrât à un commerce clandestin de l'eau-de-vie!

Il avisa sur la table restée debout une carafe à moitié vidée seulement. Il s'en approcha et examina la liqueur.

—Qui m'empêche de me réconforter un brin? se demanda-t-il.

Il avala une énorme lampée d'eau-de-vie.

Il fit la grimace, serra sa gorge et dit:

—N'importe! ça me remet un peu. A la santé de Maître Turcot et de messieurs le Anglais!

Il avala une autre lampée, reposa la ca rafe sur la table et sortit toujours avec cet te pensée:

—Où est Hermine?...

Cassoulet quitta la cour de Maître Tur cot et sortit de l'impasse. La canonnade diminuait. Le soleil baissait rapidement, et ses rayons rouges couvraient les vitraux de la cathédrale de lueurs pourpres.

Le lieutenant, pensif, traversa la Place de la Cathédrale et enfila une ruelle dans laquelle il se mit à marcher. Puis il bifurqua à gauche sur une autre ruelle, puis à droite sur une rue montante. Il allait sans savoir où, à l'aventure, le bicorne sur les yeux, le colet de son manteau remonté à ses oreilles, méconnaissable. Méconnaissable?... Non, pas tout à fait! Car la plume blanche à son bicorne gris le trahissait. Cassoulet ne songeait pas à lui. Il ne pensait pas non plus aux passants qu'il ne semblait pas voir et qui lui jetaient des regards défiants. Il entra dans une ruelle sombre où grouillait et criait un tas de marmaille que son approche mit en fuite. Il se heurta à des femmes qui sortaient de leurs logis. Il ne voyait rien et n'entendait rien. Puis il se trouva sur une rue plus large, mieux éclairée, où les passants étaient plus nombreux, où les groupes plus compacts. Un peu plus loin il heurta un gros rassemblement d'hommes, de femmes et d'enfants. Il passa au travers, bousenlant tous ceux qui ne s'écartaient pas assez tôt. Cette fois il entendit des cris de colère et des jurons. Il leva le nez et vit à sa droite une boutique qui paraissait à cet instant fort achalandée. Il lut cette inscription sur l'enseigne:

Aux Epices Royales
Maître Baralier... Epicier du Roy!

Sur l'immense perron de la boutique il y avait toutes sortes de monde: des bourgeois, des miliciens, des artisans, des femmes d'ouvriers et des femmes de petits bourgeois. A quelques propos entendus Cassoulet comprit qu'on discutait l'événement de la nuit précédente:

—Pauvre jeune homme! disait un vieillard, on a bien failli le tuer.

—Il en reviendra, émit une petite bourgeoise, mais ça sera long!

—Çà aurait été bien dommage, fit une.

jeune fille brune et emmitouflée de fourrures comme si l'on eût été en plein hiver, un si beau jeune homme, si distingué, et qui était savant comme les gros livres de mon père !

—Savant, mademoiselle ?... fit un artisan avec un air convaincu. Mais le fils de Maître Baralier est plus que savant : il paraît que tous les dimanches il va discuter la loi et les saints Livres avec Monseigneur l'évêque !

—Ho ! ho !... fit toute l'assemblée.

Ce cri d'admiration et d'étonnement à la fois fit sourire Cassoulet.

Il continua son chemin. La minute d'après il allait tourner sur une autre rue, lorsque le son d'une voix aigre parti de la boutique de l'épicier l'arrêta.

—Ah ! ça, disait la voix, mais n'est-ce pas ce jeune butor, ce farfadet que je vois s'en aller par là ?

Cette voix était celle de Maître Baralier qui avait cru voir passer Cassoulet devant sa porte. Mais oui, il le reconnaissait bien à la plume blanche de son feutre et à sa petite taille. Il le montra du doigt à ses clients et aux gens rassemblés dans la rue.

—Voilà, mes amis, cria-t-il, ce diablotin, ce brigandeau, cet avorton, cet assassin de mon fils ! Haro !...

—Haro ! Haro !... clamèrent cinquante voix.

—Sus ! sus !... rugirent d'autres voix.

Il se produisit un grand brouhaha, un vacarme, une course... Cassoulet n'avait pas traversé la rue qu'une centaine de bourgeois, miliciens et artisans auxquels se mêlaient quelques femmes fit un cercle autour de lui. La menace était dans tous les regards et tous les gestes.

—Place ! rugit tout à coup Cassoulet.

Tout ce monde trembla à cette voix ! Car qui eût imaginé une voix aussi forte, aussi tonnante, aussi terrible dans ce petit corps grêle et fluet !

La foule, indécise, s'émut.

—Arrière !... cria encore Cassoulet en tirant sa longue rapière qu'il fit siffler dans l'espace.

On s'écarta vivement, on se rudoya même pour livrer plus vite passage à la rapière plutôt qu'au petit homme.

Et Cassoulet dévala dans la pente d'une ruelle voisine que les ombres du soir envahissaient.

Derrière lui il entendait du peuple gronder et jurer.

Il se mit à rire doucement.

—Allons ! se dit-il ensuite, où vais-je à présent ?

Il s'arrêta et jeta les yeux autour de lui. Il était égaré. Mais il s'aperçut bientôt qu'il marchait vers la Place de la Cathédrale.

—Voyons, murmura-t-il, qu'est-ce donc qui m'attire à l'impasse que j'y retourne sans le savoir ?

Il allait poursuivre son chemin, quand il sentit qu'une main tirait son manteau par derrière. Il s'arrêta surpris, et vit à deux pas de lui un gamin le regarder avec crainte et admiration.

—Ah ! ah ! fit Cassoulet avec un air irrité, c'est toi, galopin, qui me tire ainsi par mon manteau ?

—Oui, monsieur. Est-ce que vous êtes pas le lieutenant des Gris ?

—Cassoulet ? sourit le lieutenant. Oui, petitot, et que me veux-tu ?

—C'est une commission que m'a dit de vous faire Mamezelle Hermine, si je vous voyais.

Cassoulet trembla, rougit, pâlit...

—Qu'a-t-elle dit, mamezelle Hermine ?

—Que son père, Maître Turcot, l'a été menée chez Monseigneur l'évêque.

Cassoulet chancela.

—Tu dis chez Monseigneur l'évêque ? bégaya-t-il ivre de joie.

—Oui. Maître Turcot, par crainte de malandrins, de maraudeurs, d'iroquois et d'assassins, que sais-je encore ! l'a été mettre sous la protection de Monseigneur l'évêque.

—Oh ! oh ! fit Cassoulet qui se mit à réfléchir.

Hermine chez Monseigneur l'évêque à cause de malandrins ! Ce n'était plus gai. Au contraire, c'était grave. Cassoulet tressaillit. Puis il fouilla ses poches, tira une pièce d'or et la mit dans la main du gamin qui n'était autre que le petit Paul de la mère Benoit.

—Petit, dit Cassoulet en même temps, tu t'achèteras des friandises ; mais tu te garderas bien de dire à qui que ce soit que tu m'as vu et encore moins que tu m'as parlé.

—Je vous le promets, monsieur.

Le lieutenant tapota les joues de l'enfant, gagna rapidement la place de la Cathédrale et prit le chemin du Château.

Chemin faisant il se disait :

—Hermine mise par son père sous la protection de Monseigneur l'évêque... oui, c'est grave, très grave ! Est-ce que Maître

Turcot se défie de moi ? Par l'épée de saint
Louis ! si tel est le cas, je ne regretterai pas
de lui avoir quelque peu malmené la gorge !
C'est égal, il y a là un cas grave, Hermine
chez Monseigneur !... Il faudra que je consulte Monsieur le Gouverneur ! Même qu'il
importe que je le consulte au plus tôt !

Et Cassoulet se met à courir. Mais bientôt il rencontra des piétons qui s'étonnè-
rent de voir cet homme ainsi courir. Cassoulet, de crainte d'ameuter la ville à ses
trousses, ralentit son ardeur et se mit au
pas régulier.

Le bombardement avait cessé et le calme
était revenu sur toute la ville. La nuit
tombait tout à fait, et dans le ciel clair s'al-
lumaient les étoiles dont les rayons semblaient des lueurs d'espérance. De toutes
parts partaient des rires et des refrains
joyeux. Cassoulet croisait des couples de
jeunes hommes et de jeunes filles qui se faisaient l'amour sous le ciel étoilé. Son coeur
chanta l'amour ! Ah ! malgré les Anglais,
ce qu'on vivait quand même ! Quels rêves
d'avenir s'ébauchaient dans ces jeunes têtes ! Oui, il y avait de l'espoir et de la joie
partout !

Ces rêves d'avenir emplissaient l'esprit
de Cassoulet, bien qu'il se sentit rongé d'in-
quiétudes ! Cet espoir et cette joie étaient
dans son coeur, bien qu'Hermine, la jolie
Hermine eût disparu !

Mais elle n'était pas disparue, la belle
Hermine... elle était chez Monseigneur
l'évêque !

Au fait... chez Monseigneur ! Mais c'é-
tait grave quand même !

N'importe ! une chose : Cassoulet savait
à présent où elle était ! Mieux que cela :
c'est elle-même, Hermine, qui lui avait fait
savoir où elle était !

—Chez Monseigneur l'évêque !... se répétait Cassoulet. Oui... mais si elle y était
prisonnière !...

V I

UN CAS GRAVE

Cassoulet arriva au château tout essoufflé et s'en fut trouver le gouverneur qui
travaillait, seul, dans son grand et riche cabinet du rez-de-chaussée.

Seul de tous les fonctionnaires Cassoulet
avait ses entrées libres dans le cabinet de
M. de Frontenac. Aussi, à la vue du lieutenant, le gouverneur ne marqua-t-il nulle

"Monsieur, réplique Frontenac au Parlementaire, allez dire à votre maître que je lui répondrai par la bouche de mes canons !"—(Page 50).

—Tout juste. et je suis venu vous demander des ordres pour l'en faire sortir.

Frontenac garda le silence et fronça terriblement ses sourcils.

L'affaire était très grave, en effet.

Si le gouverneur représentait une autorité, celle du roi, l'évêque représentait une autre autorité, celle du pape, et qui n'était pas moindre aux yeux du peuple que la première. M. de Frontenac, qui était un homme d'une énergie redoutable, d'un esprit volontaire, jaloux de son autorité et voulant diriger avec un pouvoir absolu, s'était heurté à une opposition énergique de l'évêque quand il avait essayé d'empiéter sur les pouvoirs religieux. Son orgueil de représentant du roi, et d'un roi qui alors régnait en maître souverain sur la France et le monde entier, le Grand Louis, avait été froissé, et plus encore quand l'autorité royale avait dû s'incliner, retraiter devant l'autorité épiscopale. Il y avait donc eu entre M. de Frontenac et Mgr de Saint-Vallier discussions vives et aigres, et il s'en était suivi une froideur de relations qu'il n'était pas facile de faire disparaître.

Rappelons que M. de Frontenac, lors de sa première administration (1672-1682) avait eu beaucoup de difficultés avec Mgr de Laval au sujet de la traite de l'eau-de-vie. (Et à ce sujet et dans un récit ultérieur nous aurons l'avantage de faire voir à notre bienveillant lecteur des intrigues intéressantes). M. de Frontenac favorisait le trafic de l'eau-de-vie parce qu'il le croyait un stimulant au commerce; de son côté, Mgr de Laval le condamnait, parce qu'il le croyait néfaste au bien matériel comme au bien moral de la population. Et de cette opposition mutuelle surgit nombre d'autres difficultés relevant de l'administration ou civile ou religieuse. Frontenac et Mgr de Laval étaient deux hommes de haute valeur · intellectuelle, tous deux à tempérament énergique et jaloux tous deux de leur autorité dans leur domaine respectif. La brouille avait donc fait naître une lutte âpre entre les deux hommes, et, finalement, Mgr de Laval l'avait emporté en faisant rappeler par le roi M. de Frontenac.

Disons que le rappel de ce dernier avait été vivement et cruellement ressenti dans la colonie, (sans, naturellement, que le blâme en retombât sur Mgr de Laval), parce que le comte avait combattu avec succès les ennemis de la Nouvelle-France. les Anglais, les Hollandais et les Iroquois, et parce qu'il

avait donné au commerce une vogue remarquable, si bien que la prospérité avait régné tout le long de son administration.

Après son départ, la colonie retomba dans la misère, et sous le gouvernement de M. de Denonville elle fut bien près de tomber tout à fait au pouvoir des sanguinaires Iroquois; et c'est sous l'administration de M. de Denonville que se produisit cet affreux événement de notre Histoire : Le Massacre de Lachine.

M. de Denonville se voyant incapable de sauver la colonie, et Mgr de Laval ayant sur l'entrefaite abdiqué le pouvoir épiscopal pour le céder à Mgr de Saint-Vallier, le roi renvoya au pays M. de Frontenac que le peuple canadien avait déjà salué comme son sauveur.

Mais le comte revint au pays avec les mêmes idées de pouvoir absolu.

—Il faut une tête, une seule tête, disait-il, je serai la tête !

De nouveau il voulut empiéter sur certains privilèges ecclésiastiques, et Mgr de Saint-Vallier, qui était lui aussi une tête, l'en détourna. Il y eut donc griefs entre les deux hommes. Puis à nouveau M. de Frontenac encouragea la traite de l'eau-de-vie que Mgr de Saint-Vallier défendait avec autant d'énergie que Mgr de Laval de qui du reste il suivait les avis, car Mgr de Laval continuait d'habiter le palais épiscopal. Durant cette deuxième administration de M. de Frontenac, il n'exista pas positivement de brouille entre celui-ci et le prélat, mais les relations étaient souvent fort tendues.

Or, Cassoulet, qui savait tout cela, avait donc de suite jugé la chose grave en apprenant que Maître Turcot avait placé sa fille sous la protection de l'évêque.

La chose avait de suite apparu non moins grave au comte de Frontenac.

Celui-ci médita longtemps. Puis, souriant, il dit à son lieutenant des gardes :

—Mon ami, je n'y peux rien faire. Monseigneur l'évêque est maître dans sa maison, et il lui est loisible de donner l'hospitalité à quiconque sans que nous ayons. à redire. L'unique conseil que je peux te donner, mon pauvre Cassoulet, c'est d'aller trouver Monseigneur et lui soumettre ton affaire. Comme c'est un homme qui comprend bien les choses, du moment que son autorité n'est pas en danger, il saura trouver le moyen d'arranger l'affaire à la satisfaction des intéressés.

Et pour signifier à son lieutenant des

gardes qu'il n'avait plus rien à lui dire, le comte se remit à écrire.

—C'est bien, Excellence, dit Cassoulet en s'inclinant, j'irai trouver Monseigneur.

Quoique un peu déçu, Cassoulet se disait en se retirant:

—Oh! je tiens quelque chose qui me fera bien gagner la partie contre Maître Turcot!...

Il pensait à sa découverte au logis du suisse ....

....

Tout homme énergique et autoritaire qu'il était, Mgr de Saint-Vallier était aussi un homme charitable et généreux. Il aimait à tendre sa main au faible, le secourir, l'appuyer dans ses droits, et souvent il gagnait la cause du pauvre diable contre qui voulait se montrer plus fort. Que de misères physiques il avait secourues sous son toit hospitalier! Que de misères morales il avait relevées! Quiconque frappait à sa porte était assuré de se voir ouvrir et accueillir, comme un brave père aurait accueilli son fils misérable. Sous le toit du palais épiscopal, c'était le pasteur, le vrai père qui recevait ses enfants, tendre, doux, réconfortant, affable, et toujours le bon conseil à donner. D'un autre côté, dans la lutte pour les droits de l'Eglise, c'était le général fougueux, inébranlable, agressif même. Alors, gare à lui, si l'on n'était pas de son côté!

C'est donc à cet homme — qu'on pourrait dire plus puissant que le gouverneur— que Maître Turcot, son suisse, était allé confier sa fille.

—Mais oui, mon ami, avait répondu l'évêque, mais certainement, elle sera ici en toute sûreté. Soyez tranquille.

C'est ainsi qu'il avait accueilli le suisse.

—Et quant à toi, ma fille, avait-il ajouté, tu tiendras compagnie à ma pauvre sœur infirme, tu l'égayeras, et tu trouveras en elle autant qu'une mère.

Et la pauvre Hermine avait été confiée à Mlle de Saint-Vallier, une vieille fille malade, grincheuse, qui avait ses appartements séparés de ceux de son frère qu'elle essayait, mais sans y réussir, de diriger dans les affaires spirituelles comme temporelles. Cet insuccès de gouverner était peut-être ce qui rendait son caractère si acariâtre.

Hermine n'était donc pas une prisonnière, comme l'avait pensé un peu Cassoulet, mais guère mieux: car elle ne pouvait sortir. Elle ne pouvait pas même se rendre à la cathédrale où elle aimait tant aller prier sous les voûtes sombres et mystérieuses; dorénavant elle accomplirait tous ses exercices pieux avec Mlle de Saint-Vallier dans l'oratoire de l'évêché.

La pauvre jeune fille avait accepté la protection de Monseigneur l'évêque comme elle aurait accepté celle d'un geôlier; car elle s'imaginait qu'on voulait la séparer de Cassoulet qu'elle aimait... oui, qu'elle avait aimé, elle aussi, tout d'un coup!

Heureusement, comme elle traversait la Place de la Cathédrale en compagnie de son terrible père, elle avait croisé le gamin de la mère Benoit, le petit Paul, qui revenait justement de sa course au château où il était allé porter le message d'Hermine.

A cet instant, Maître Turcot répondait au salut d'un passant et son regard se trouvait détourné de sa fille. Celle-ci vivement se pencha à l'oreille du gamin et lui souffla rapidement ces mots:

—Dis à monsieur Cassoulet, si tu le vois, que je m'en vais rester sous la protection de Monseigneur l'évêque!...

Le gamin s'était éloigné avec un sourire qui signifiait qu'il avait compris.

Quant à Maître Turcot, il n'avait rien vu ni entendu.

Hermine s'était sentie très malheureuse en mettant les pieds dans le palais épiscopal, d'autant plus qu'elle était habituée à vivre seule et avec la plus grande liberté de va-et-vient. Elle ne pleura pas, mais elle en eut envie. Elle voulait paraître forte, feindre de trouver sa nouvelle position fort agréable, et travailler ainsi plus sûrement à son évasion. Oui, Hermine avait de suite conçu l'idée de s'échapper de cette maison qui avait semblé une geôle. Oh! si Hermine n'était encore qu'une enfant, on peut dire qu'elle était une enfant forte. Elle avait de l'énergie, de la volonté et de l'initiative. Elle était douée d'une fermeté de caractère rare dans une jeune fille de dix-sept ans, et elle était de cette race de femmes, comme il y en avait tant à cette époque, qui ne craignait pas de prendre le mousquet et de faire le coup de feu contre les Anglais ou contre les Sauvages.

Ce qui, ensuite, manqua de faire les délices d'Hermine, ce fut de se voir accueillie par la vieille Mlle de Saint-Vallier avec une petite moue de dédain. Hermine, nous l'avons dit, était jolie, très jolie, jolie à tourner plus d'une tête, belle à croquer comme on dit souvent. Par contre Mlle de Saint-

Vallier — tout respect qu'on peut avoir pour sa personne — était laide, et elle était rendue plus laide par son mauvais tempérament qui faisait sans cesse grimacer son visage.

—Oh! ma petite, s'écria-t-elle d'une voix aigre en voyant paraître Hermine, je savais bien que Maître Turcot, que le bon Dieu protège! avait une fille, mais je ne savais pas qu'elle était belle comme je te vois. Mais il ne faut pas t'en faire une vanité, la beauté n'a qu'un temps! Tu es jeune, mais tu vieilliras! Ne te réjouis pas trop d'être belle, parce que tu pourras souffrir beaucoup lorsque tu seras devenue toute cassée et toute plissée comme moi!

Après cette entrée en matière, la vieille fille s'était mise à débiter toutes espèces de choses —- oh! rien de mal — contre son frère, le vénérable évêque, contre son entourage, contre le Chapitre, contre les serviteurs, contre tout le monde, enfin. Elle critiquait sans cesse, mais sans malice bien entendu, c'était une marotte simplement. Elle approuvait rarement les paroles ou les gestes d'autrui, car elle seule voyait clair, elle seule avait raison. Le mieux à faire, c'était d'écouter sans se lasser et sans rien dire. Se voyant prise dans les serres de cette vieille harpie, Hermine résolut de suite de subir son sort sans regimber et de conserver sa physionomie sereine.

La journée s'écoula ainsi, et sans nouvelles de l'extérieur.

Dans le palais on n'entendait aucun bruit. Toutes les portes étaient fermées. Les serviteurs marchaient à pas étouffés. Nul des bruits du dehors n'arrivait là non plus, sauf le bombardement des canons anglais et le grondement des batteries françaises. Une fois un boulet vint ricocher contre le mur, tout près d'une fenêtre, et Mlle de Saint-Vallier, qui vivait dans les transes terribles, manqua de s'évanouir. Elle admira le courage et la tranquillité d'Hermine qui ne cessait de sourire.

Hermine profita de la venue de ce boulet pour aller à la fenêtre et se faire un rapide aperçu des lieux. Cette fenêtre donnait sur une petite cour, en arrière de l'édifice, entourée d'un haut mur de pierre. Pardessus ce mur Hermine put apercevoir les palissades qui, de l'autre côté, formaient le mur d'enceinte de la ville. C'est tout ce que la jeune fille put voir, hormis le ciel bleu là-haut. De ce grand ciel bleu elle en voyait même plus que du fond de son im-

passe derrière la cathédrale; oui, mais là au moins, dans l'impasse elle était chez elle reine et maîtresse. Là, elle était heureuse elle sortait selon son bon plaisir, elle chantait, elle cousait, elle priait, elle s'amusait et elle se sentait encore dans le monde; mai dans cette maison de Monseigneur l'évêqu elle se sentait comme dans une prison.. comme dans un tombeau! Et puis elle n'avait pas avec elle ses objets si chers; se. images saintes, le grand portrait de sa vierge, le grand crucifix (oh! il n'en manquait pas chez Mlle de Saint-Vallier, mais avec ceux-là elle ne se sentait pas aussi familière) et puis son propre portrait, son image à elle, et enfin tout son petit mobilier qu'elle aimait, qu'elle adorait, et son petit logis, sa petite bicoque qui lui semblait un palais!

Laissons Hermine qui se trouvait au rez-de-chaussée, pour monter à l'étage supérieur où étaient les appartements de l'évêque et l'oratoire.

Il était six heures de ce même soir, peu après que le bombardement des Anglais eut cessé. Mgr de Saint-Vallier se trouvait dans son étude. Un valet vint le prévenir qu'un gamin le voulait voir et lui parler.

—Un gamin? fit le prélat avec surprise.

—Pas autre chose, monseigneur. Je ne l'ai pas bien vu, parce que je n'ai pas voulu le laisser entrer, et il fait noir dehors comme dans un four.

—Mais tu as eu tort, tu as eu tort, Norbert, de ne l'avoir pas laissé entrer, réprimanda l'évêque. Va, mon ami, et fais-le entrer!

—J'y cours, Monseigneur. Mais devrai-je l'introduire ici?

—Mais sans doute, sans doute, Norbert.

L'évêque feuilletait des parchemins épars sur son bureau qu'éclairait un candélabre à trois bougies.

C'était un homme imposant dans sa robe violette et il était de bonne taille. Dans sa démarche et dans ses gestes il y avait beaucoup de distinction naturelle, et dans ses regards clairs, un peu fixes, brûlaient sans cesse des flammes de rude énergie. Mais ces flammes étaient fortement atténuées par les effluves d'une douceur qui étonnait. Ses lèvres grasses souriaient volontiers. Il parlait peu d'ordinaire, mais il écoutait beaucoup et il savait écouter. Dans la conversation sa voix était douce et persuasive, pleine d'intonations graves qui imposaient. Du haut de la chaire cette même voix tonnait, commandait et convainquait. Par-dessus tout c'était l'homme de la justice, de la droiture et du devoir, et ce sont ces qualités qui lui ont suscité tant de difficul-tés avec le pouvoir civil d'abord et ensuite avec son clergé et les institutions qui rele-vaient de son autorité. Pas une tête, eût-elle été la plus haute de l'univers, ne l'eût fait déroger à ce qu'il avait jugé être son devoir. S'il apparut quelquefois d'un ca-ractère emporté, on sait qu'il était doué d'une grande patience. Et sous ce rap-port on connaît sa conduite admirable du-rant les huit années qu'il demeura prison-nier en Angleterre, sous le règne d'Anne Stuart. On sait encore que, se rendant en France à bord le navire "La Seine", il fut capturé par les Anglais, ainsi que les autres passagers et l'équipage, et qu'il ne recou-vra sa liberté qu'à la signature du traité d'Utrecht en 1713.

Voilà donc l'homme à qui notre héros, Cassoulet, allait avoir affaire.

Le lieutenant des gardes entra, le feutre à la main, courbé en deux, disant humble-ment:

—Monseigneur, j'implore votre pardon de venir troubler votre paix; c'est une ur-gente nécessité qui m'a fait vous demander une audience.

L'évêque leva ses yeux et demeura sur-pris d'apercevoir, non un gamin comme avait dit le domestique, mais un jeune hom-me de trente ans qui, sans la redoutable énergie qu'exprimait toute sa physionomie, sans la terrible rapière qui lui battait les mollets et sans l'expression de gravité qui s'échappait de ses yeux étincelants, lui au-rait bien paru un gamin. Ainsi courbé, Cassoulet paraissait encore plus petit, plus chétif... c'était un être de rien pour qui ne l'eût connu. Mais l'évêque le connais-sait.

Il sourit dans sa surprise et dit:

—Ah! monsieur de Cassoulet, lieutenant aux gardes de Monsieur le Gouverneur!... Qui m'aurait dit, ce matin, après la sainte messe, que j'allais à la fin de ce jour rece-voir une si rare visite! Me l'eût-on dit, que je ne l'aurais pas cru! Eh bien! dites-moi, êtes-vous venu me voir pour une mission particulière de Monsieur le Gouverneur?

—Non, Monseigneur, et voilà ce qui fait mon plus grand trouble, je remplis une mission personnelle. Si donc votre Gran-deur daigne m'entendre...

—Mais comment donc! Qui a pu dire ja-

mais que je n'entends pas mes ouailles?... bien qu'à dire vrai le sieur de Cassoulet ne soit pas le meilleur des chrétiens!

Cassoulet rougit et répliqua:

—Il ne dépend que de vous, Monsei-gneur, qu'à l'avenir je devienne le meilleur des chrétiens et la plus dévouée et vertueu-se de vos ouailles!

—Ah! ah! se mit à rire doucement le pré-lat. S'il est vrai que la chose ne dépende que de moi, eh bien! tant mieux, la chose est assurée. Ce qui veut dire peut-être, ajouta-t-il avec un sourire narquois, que vous venez me demander confession?

Cassoulet tressaillit, rougit encore et bredouilla:

—A vrai dire, Monseigneur, j'aurais be-soin de me confesser; mais vu que je ne suis pas tout à fait préparé, j'oserai demander à votre Grandeur de remettre à quelques jours cet objet important.

—Mais alors, en quoi donc peut bien con-sister votre mission, mon ami? Pourtant je vous assure, monsieur de Cassoulet, que pour devenir bon chrétien il importe de se confesser et d'avoir un sincère repentir de ses fautes et péchés.

—Vous avez parfaitement raison, Mon-seigneur, et je vous promets de vous faire un état complet de mes péchés et fautes... mais après que vous m'aurez aidé dans mes difficultés.

—Oh! oh! maître Cassoulet, sourit fine-ment le prélat, ne savez-vous pas qu'avec le bon Dieu il n'est pas de conditions à po-ser? Dieu est un maître absolu et tout-puis-sant qui n'entend pas se soumettre aux ca-prices des hommes... ne le saviez-vous pas, maître Cassoulet?

—Certainement, certainement, Monsei-gueur, mais voilà: le bon Dieu n'est pas pressé, tandis que moi...

L'évêque éclata de rire.

Puis, prenant un ton sévère, il dit:

—Décidément, mon ami, vous paraissez en prendre bien à votre aise avec le Maître Tout-Puissant! Ne craignez-vous pas qu'il ne vous écrase à la seconde même?

—Non, Monseigneur, car le bon Dieu est juste et bon, et il n'aurait aucun intérêt ni même aucun plaisir à écraser un être ché-tif comme son serviteur très humble; aussi suis-je certain qu'il en écrasera beaucoup d'autres, et entre autres des Anglais, avant de songer à ma personne. Et puis, Lui sachant tout, et sachant plus particulière-ment la mission qui m'amène à vous, et connaissant que je suis dans mon droit, que ma démarche n'est pas contraire à ses saints commandements, que, enfin, j'agis comme un honnête homme, oui, Monseigneur, le bon Dieu sait tout cela, et il ne m'en veut pas, je vous l'assure.

Monseigneur de Saint-Vallier riait doucement. Oh! il connaissait ce Cassoulet qu'il aimait à taquiner à l'occasion, histoire de rire un peu. Car Cassoulet avait son franc parler, et puis le bon évêque savait, peut-être aussi bien que le bon Dieu, que Cassoulet ne faisait pas grand mal à personne et qu'il ne commettait pas de bien gros péchés, sauf peut-être à mutiler par ci par là quelque gorge de géant, histoire que Monseigneur n'avait pas encore apprise. Donc, si Cassoulet n'était pas le meilleur des chrétiens, il n'était certainement pas le pire.

—Puisqu'il en est ainsi, reprit le prélat avec gravité, je veux connaître de suite l'objet de votre démarche, voyons!

—Monseigneur, je suis venu vous demander la liberté de Mademoiselle Hermine, la fille de Maître Turcot.

L'évêque tressaillit et s'écria avec sévérité:

—Ah! ça, Maître Cassoulet, que signifient vos paroles! Depuis quand suis-je le geôlier de mademoiselle Hermine?

—Monseigneur, pardonnez-moi... Mais je sais que mademoiselle Hermine est ici sous votre toit et votre protection.

—En ce cas elle est en sûreté, j'imagine.

—Tellement en sûreté, Monseigneur, que vous seul pouvez me la rendre.

—Vous la rendre?...

L'évêque passait d'un étonnement à l'autre.

—Quel droit avez-vous, reprit-il, sur la fille de Maître Turcot?

—Un droit de fiancé, Monseigneur! répondit hardiment Cassoulet.

L'évêque bondit sur son siège et se leva.

—Par ma foi! Maître Cassoulet, venez-vous ici vous moquer de moi? Vous fiancé à mademoiselle Hermine?... Vous êtes fou!

—En effet, Monseigneur, je pensais bien que j'étais fou, mais seulement jusqu'à ce soir, alors que Mademoiselle Hermine m'a fait savoir où elle se trouvait.

—Elle vous a fait savoir!... fit l'évêque avec plus de surprise.

—Voyez-vous, Monseigneur, c'est comme ça: hier j'ai aimé Mademoiselle Hermine,

et ce matin elle m'a dit qu'elle m'aimait. Or, quand on s'aime on s'épouse, pas vrai? Oui, mais Maître Turcot avait des vues sur un autre gendre...

—Le jeune Baralier?... qu'on dit avoir été presque assassiné par vous-même?

—Oh! Monseigneur, ai-je l'air d'un homme qui en assassine d'autres? Il était ivre et il me menaçait, je lui ai passé sur le corps.

—Il était ivre? fit l'évêque de plus en plus surpris.

—Il insultait Hermine, alors...

—Oh! oh! vous ne calomniez pas au moins?

Cassoulet sourit avec ironie:

—A quoi me servirait de calomnier, dit-il; le sieur Baralier n'est pas mon rival, puisque Hermine se donne à moi!

Le prélat se rassit, disant:

—Voilà, en vérité, une belle histoire. Maître Cassoulet. Je veux bien croire, sans demander de détails, qu'il y a promesses et amour entre vous et Hermine. Mais il ne faut pas oublier Maître Turcot... c'est sa fille!

—Oui, mais sa fille peut bien marier qui elle veut!

—Pas maintenant, mon ami, car elle n'a que dix-sept ans. Donc Maître Turcot devra dire son mot, et ce mot il ne le dira pas en votre faveur, car, si je comprends bien, vous avez fait des menées amoureuses à son insu, et c'était mal! Et qui sait si vous n'avez pas usé de tricherie, de promesses... de...

—Non! non! je vous jure, Monseigneur...

—Ne jurez pas, je vous le défends! Une autre chose, Hermine est ici, parce que Maître Turcot me l'a confiée, et si Maître Turcot me l'a confiée, c'est donc qu'il voulait la protéger contre des entreprises sournoises, dangereuses, et la préserver du malheur. Je ne peux donc pas manquer à la confiance qu'a mise en moi Maître Turcot qui, lui, est un bon chrétien.

—Un bon chrétien! se mit à rire Cassoulet avec sarcasme.

—Ah! ça, mais je crois que vous riez, mon ami?

—Monseigneur, c'est si drôle! Vous appelez un bon chrétien, et ce qui pis est, un suisse de votre cathédrale, un homme qui fait à la sourdine la traite de l'eau-de-vie?

L'évêque sursauta et pâlit.

La colère le fit trembler.

—Ah! mais dites donc, nous, Cassoulet,

venez-vous ici pour me faire croire que tous mes fidèles et mes diocésains sont des apostats, des infâmes, des traîtres, des païens, des...

—Calmez-vous, Monseigneur, de grâce, calmez-vous! Je dis que Maître Turcot, qui est rusé et qui est riche, n'a pas acquis sa fortune seulement à entasser les cent écus que vous lui payez chaque année. Je vous dis que Maître Turcot, en dépit de vos sermons et mandements contre le commerce de l'eau-de-vie, fait ce commerce, qu'il le fait clandestinement et qu'il s'en enrichit. Et je dis: voilà ce que vous appelez un bon chrétien!

—Ah! misère! s'écria l'évêque en se laissant retomber sur son siège, accablé. Maître Turcot qui fait le commerce clandestin de l'eau-de-vie... qui l'eût dit! Oh! oh! Maître Turcot, c'est ainsi que vous vous moquez de moi? eh bien! nous verrons! Oh! je vous promets une remontrance de ma façon...

—Vous comprenez, Monseigneur, interrompit Cassoulet avec l'espoir de gagner sa cause, que cet homme ne mérite nullement votre confiance. Aussi, pour le punir de suite, savez-vous ce que je ferais à votre place?

—Eh bien?

—Vous me donneriez séance tenante Hermine qui, elle, est une bonne fille et une bonne chrétienne et qui vous bénira toute la vie!

—Mais, mon ami, je ne peux pas me rendre à votre prière. Je ne peux pas sans avoir vu Maître Turcot. Ah! non, non, mons. Cassoulet, pas de ça, pas de ça! Tenez, allez à Maître Turcot, entendez-vous avec lui, puis envoyez-le-moi, car j'aurai deux mots à lui dire! Allez! allez!

Et s'étant levé, l'évêque poussa rudement le lieutenant des gardes hors de son étude.

Cassoulet s'en alla désespéré.

La nuit était très noire. Pas de lune, pas d'étoile, et le vent s'élevait, un vent glacial qui fit grelotter le lieutenant. Nul passant sur les rues désertes et noires.

Il était sept heures environ.

Cassoulet traversa rapidement la place de la Cathédrale.

Tout à coup il fut rudement heurté et bousculé, puis renversé par une haute silhouette humaine.

—Allons! vermine maudite, ôte-toi de mes jambes! hurla avec rage une voix de tonnerre.

Cassoulet trembla... c'était la voix de Maître Turcot, de Maître Turcot qui, revenu enfin à la vie, venait de quitter la maison du chirurgien et regagnait son logis en toute hâte.

Le gros suisse passa sans reconnaître Cassoulet.

Celui-ci se releva prestement et se sauva à toutes jambes, n'osant se faire reconnaître du colosse et n'osant encore moins lui demander sa fille, comme le lui avait conseillé Monseigneur l'évêque.

Ah! non! Cassoulet préférait ne plus se retrouver en face du terrible suisse!

VII

OU EST RESOLUE LA MORT DE CASSOULET

Cassoulet, en regagnant le Château Saint-Louis, était fort mécontent: mécontent de lui-même parce qu'il s'imaginait qu'il n'avait pas su s'y prendre avec l'évêque; mécontent de ce dernier qui s'était moqué de lui et l'avait mis poliment à la porte et, enfin, très mécontent de Maître Turcot qui venait de le faire rouler inopinément dans la poussière de la rue. Quant à Maître Turcot, Cassoulet aurait pu satisfaire assez vite son mécontentement, en lui passant seulement sa rapière au travers du ventre, et tout aurait été dit. Oui, mais il y avait Hermine... Ah! oui, Hermine et son amour pour Cassoulet protégeaient souverainement la vie de Maître Turcot! A cause de sa fille, la vie du père devenait sacrée aux yeux du lieutenant des gardes.

Restait l'évêque! Certes, Cassoulet, quoique peu bon chrétien, respectait le vénérable prélat; tout de même il ne pouvait concevoir que le saint prélat se moquât de lui et retint prisonnière Hermine! Si le bon évêque ne voulait pas manquer à la parole donnée, il n'aurait pas dû se rendre à la fantaisie de Maître Turcot! Est-ce que maintenant tous les pères de famille allaient avoir recours à Monseigneur l'évêque pour la protection de leurs filles? Est-ce que maintenant le palais de Monseigneur l'évêque allait devenir un pensionnat de jeunes filles à marier? C'était une sottise que d'y penser, et Cassoulet riait de cette folle idée. Tout de même, selon sa jugeotte, l'évêque avait fait un mauvais

marché, et il aurait bien dû dire à Maître
Turcot :

"Je ne suis pas le gardien de votre fille
et ne saurais l'être... allez au diable!"

Cassoulet enrageait de se dire que l'évêque n'eût pas pensé et agi comme il aurait
pensé et agi, lui. Aussi, chemin faisant, sa
colère et sa rancune contre Monseigneur
grandissaient-elles, à ce point qu'il s'arrêta tout à coup, au moment où il allait atteindre le Château, se tourna vers le Palais
Episcopal, fit un geste brutal et s'écria :

—Oh! j'irai, s'il faut, chercher Hermine
avec mes gardes! Gare à vous, Mousei-
gueur!

Et dans sa colère, Cassoulet allait peut-
être courir donner l'alerte à ses gardes,
quand il se ravisa en pensant ceci :

—Diable! ce serait peut-être envenimer
les choses entre Monseigneur l'évêque et
son Excellence... Non, je n'irai pas de
suite. Je penserai à la chose avant... cette nuit. Et qui sait? peut-être trouverai-
je un autre moyen de délivrer Hermine...

Il pénétra dans le château, inquiet, sou-
cieux, mais l'esprit et le coeur pleins du
souvenir de la belle Hermine, monta à sa
mansarde pour réfléchir dans le silence et
la solitude.

. . . .

Tandis que Cassoulet rêvait, méditait,
projetait, il était loin de se douter que ses
deux pires ennemis tramaient sa mort, et
voilà comment.

Vers les cinq heures de ce jour, c'est-à-dire lorsque Cassoulet avait, sans le savoir
presque, passé aux abords de l'épicerie de
Maître Baralier, ce dernier venait d'apprendre la terrible mésaventure de son ami
Maître Turcot.

Cette nouvelle lui avait fait oublier son
fils qui, d'ailleurs, n'était pas en danger de
mort, comme l'avait déclaré le médecin qui
avait été appelé. Seulement, l'homme de
l'art avait ajouté que le jeune homme en
pourrait faire une longue maladie, attendu qu'il avait reçu un fort mauvais coup
dans l'estomac. Tout en étant tranquilisé
de ce côté, Maître Baralier n'en projetait
pas moins de terribles représailles contre
Cassoulet; et dès qu'il eut appris comment
Maître Turcot avait été traité par le même
Cassoulet, il jura, avec le concours du suisse, la mort du lieutenant des gardes.

Un peu après six heures, quand sa boutique eut été close, Maître Baralier courut
chez le chirurgien où, pensait-il, se trouvait
encore Maître Turcot. Mais le chirurgien
lui dit que le suisse venait précisément de
quitter sa maison pour retourner à son domicile.

L'épicier prit de suite le chemin de l'impasse de la Cathédrale.

Il trouva Maître Turcot dans le logis de
sa fille, attablé devant un poulet froid et
une carafe de vin.

—A la bonne heure, Maître Baralier, sourit largement le suisse, vous m'aiderez à
manger ce poulet et à boire cette carafe.

—Ah! mon cher ami, s'écria l'épicier, je
ne vous refuserai pas, attendu que j'ai appris votre accident et qu'il importe de fes-
toyer un peu la bonne chance que vous avez
eue de n'en pas mourir.

Maître Turcot esquissa une grimace de
douleur en portant sa main à sa gorge entourée d'une bande d'étoffe rouge, et une
grimace de haine en pensant à Cassoulet.

—Voyez, dit-il en montrant sa gorge,
c'est comme si un tigre me l'eût prise de
ses griffes! Ah! quelles griffes... quelles
griffes...

—Mais comment cela s'est-il passé au
juste? interrogea Maître Baralier en s'atta-
blant en face de son ami.

—Demandez-le-moi! Est-ce que je sais?
Ah! fouillez-moi le sang, si j'y comprends
seulement deux virgules! Tenez! ça peut
encore se comprendre comme ça: c'est la
maudite main artificielle du manchot, du
maudit manchot, du damné manchot, du...
c'est le mécanisme qui a fait défaut!

—Le mécanisme? fit Baralier avec étonnement.

—Oui, le mécanisme, le maudit mécanisme, le damné mécanisme, le... Ah! parlez-
moi d'un mécanisme! Il a fallu le forgeron
et le serrurier, sans eux j'étais pistolet tout
plein!

—Et Cassoulet?

—Ah! le brigand... Tenez, Maître Baralier, goûtez à ce vin, ça vous remettra le
sang en marche! Oh! le bandit... le diablotin... Oh! je lui ferai son affaire, il n'a
pas le dernier mot! Non, pas le dernier
mot. pour ça il faut connaître Maître Turcot!

—Et vous n'êtes pas le seul à vouloir lui
faire son affaire... regardez-moi, Maître
Turcot!

—Ah! au fait, votre fils... et vous ne
m'en dites rien? Je l'avais un peu oublié.

—Il en reviendra, mais ça coûtera chaud et ça sera long.

—Pourvu qu'il en revienne...

Et avec un sourire Maître Turcot ajouta en baissant la voix:

—Vous savez, Hermine est toujours pour lui... je l'ai confié à la protection de Monseigneur l'évêque en attendant.

—Tiens! je m'étais bien étonné de ne pas la voir en train de vous servir comme d'habitude. Et vous dites que vous l'avez confiée à la protection de Monseigneur l'évêque?

—Oui, là, elle est en sûreté. Vous imaginez-vous que ce satan de Cassoulet lui venait faire l'amour? Ah! le gueux!

—Maître Turcot, prononça gravement et sentencieusement l'épicier après avoir vidé sa coupe que remplit aussitôt le suisse, l'amour est une fleur trop précieuse pour éclore dans le coeur de la canaille! Ce n'est pas de l'amour que ce manchot du diable éprouve pour votre fille...

—Hé! à qui le dites-vous! Mais, voyez-vous, une jeune fille innocente et pure ne sait pas distinguer entre ce qui peut être de l'amour et de la sale convoitise.

—Tout juste. Votre fille, Maître Turcot, pouvait se laisser enjôler par ce mirliton. Par mon âme! vous avez eu une idée géniale de confier Mademoiselle Hermine à la garde de Monseigneur.

—Une autre chose, Maître Baralier, et je suis sûr que vous serez de mon avis: il est important pour assurer le bonheur de nos enfants que nous, leurs pères, nous leur trouvions le compagnon de leur vie. Car, je vous le demande, comment une jeune fille sans expérience et qui ne s'imagine pas comme le monde est trompeur, oui comment peut-elle se choisir avec discernement le mari qu'il lui faut?

—Certainement que je suis de votre avis, Maître Turcot. Ainsi également pensait mon père qui choisit à ma soeur un capitaine de grenadiers. Mon père, faut vous dire, s'y connaissait en homme: ce capitaine était un vrai bel homme, de bonne famille, très distingué, et un brave et un vaillant que le roi, à maintes reprises, a décoré de ses mains royales...

—Votre père avait le flair et la longue vue, remarqua le suisse avec importance.

—Je vous dis qu'il s'y connaissait. Seulement...

—Lui seul pouvait assurer le bonheur de sa fille, interrompit Maître Turcot.

—Sans doute. Seulement, le capitaine était un très mauvais caractère, en dehors de son service. C'était un riboteur comme jamais il en fut. Pour lui il n'y avait dans le monde que trois bonnes choses, hormis, naturellement, son métier et l'armée, et c'étaient les femmes, le vin et la chanson. Oh! s'il chantait... C'était un vrai diable d'homme!

—N'importe! Il a fait le bonheur de sa femme... de votre soeur?

—Dame! je crois bien, elle ne l'a jamais vu qu'environ un mois par année. Un vrai feu-follet, je vous dis! Et me croirez-vous? Aujourd'hui le capitaine des Tournants, de deux ans plus jeune que moi seulement, court encore les salons de Paris et de Versailles.

—Il aime la vie, quoi!

—Juste. Or, un homme qui aime la vie n'est pas malheureux, et il ne rend personne malheureux, sa femme encore moins, puisqu'il ne vit pas avec elle!

—C'est bien le meilleur moyen d'aimer sa femme et de s'en faire aimer: la laisser seule et tranquille, vivre à sa guise, ne pas lui imposer sa présence. Pardieu! Maître Baralier, je suis ainsi fait, et si ma femme vivait, elle vous le dirait elle-même: jamais je n'ai vécu sous sa jupe!

—Et vous l'avez faite heureuse!

—Comment donc! Le malheur pour elle, c'est qu'elle est morte jeune, Hermine n'avait que sept ans. Mais une chose qui m'a consolé, c'est qu'elle est morte contente. Or, quand on meurt content, Maître Baralier, c'est donc qu'on a vécu content!

Maître Baralier, cette fois, ne pouvant approuver les arguments de son compère, se borna à hocher la tête avec doute. Le raisonnement de Maître Turcot ne lui paraissait pas très clair: de mourir jeune et de mourir content, cela ne prouvait pas, suivant lui, qu'on eût vécu content. Il se rappelait bien, lui, que sa mère était morte contente, c'est vrai, mais contente de mourir parce qu'elle avait trop souffert de son mari qui avait été un vrai bourreau. Et en songeant à sa propre femme qu'il rendait misérable sans se l'avouer, l'épicier se doutait bien qu'elle mourrait contente, sans toutefois avoir vécu de contentement. Mais il ne fallait pas le dire. Et pour échapper à des pensées qui le tourmentaient, il changea le sujet de la conversation.

Maître Turcot dévorait à belles dents

d'ogre sa moitié de poulet, tandis que l'épicier grignotait l'autre moitié.

Celui-ci reprit, au moment où Maître Turcot suçait un os avec grand bruit:

—Vous m'avez dit que vous avez mis votre fille sous la protection de Monseigneur l'évêque; mais êtes-vous bien certain qu'elle soit en sûreté plus qu'ici? Cassoulet est une vipère, sachez-le, il a ses gardes, ses damnés Gris, qui sur son ordre pourraient mettre toute la ville sens dessus dessous. Il pourrait encore, advenant qu'il apprit où est votre fille, tenter de s'en emparer. Moi, je ne vivrais pas tranquille.

—Mais dites-moi donc où elle se trouverait plus en sûreté? Pas au Château Saint-Louis, j'imagine?

—Là, moins qu'ailleurs, certainement. Mais par les saints anges! que ne débarrassons-nous la ville de ce farfadet?

—Ah! j'y ai bien pensé, mon ami.

—Le peuple est fatigué de ce fureteur toujours aux aguets et qui vous rapporte au Conseil, si vous avez la malchance de manquer aux règlements ou d'enfreindre quelque édit. Ne m'a-t-il pas, l'an passé, fait traduire devant le même Conseil en m'accusant de n'avoir pas donné la mesure à mes clients?

—Je me rappelle, on vous condamna à l'amende?

—Pensez-y, deux cents écus! On m'a quasi ruiné. Ah! ce gueux de Cassoulet, je l'étriperais tout simplement!

—Et combien n'en a-t-il pas dénoncés qui font la traite de l'eau-de-vie sans le permis réglémentaire de Monsieur le Gouverneur?

—Combien de pauvres artisans, qui gagnaient honnêtement leur vie et celle de leur famille, n'a-t-il pas fait enrôler dans les milices pour les envoyer se faire massacrer par les sauvages?

—C'est un serpent, rugit le suisse en frappant la table, et il a vingt fois, cent fois mérité le gibet!

—Oui, mais il y a Monsieur le Gouverneur qui le protège!

—Bah! se mit à ricaner Maître Turcot, imaginez-vous qu'un de ces matins on trouve le corps inanimé et percé de coups du manchot, qui dira qui l'a frappé?

—Oh! je sais bien qu'il y a toujours moyen de se débarrasser d'une vipère. Et moi qui vous parle, Maître Turcot, si je le voulais, je n'aurais qu'un signe à faire, en y mettant quelques écus, pour que cent hommes le cernent quelque part, par centaine nuit noire, et lui fassent son affaire en silence.

—Cent hommes! fit le suisse devenu songeur.

—Au moins, oui. Car vous connaissez Cassoulet avec sa rapière, un vrai démon! Et j'estime que cent hommes auront encore du mal à l'occire pour de bon. Il en restera bien cinquante sur le carreau.

—Oui, dit Maître Turcot pensif, c'est l'avantage que possède ce farfadet maudit: il est petit, agile, et il manie une rapière comme jamais duelliste, bretteur, spadassin, escrimeur n'a manié une lame. Mais, ça, Maître Baralier, êtes-vous sûr encore de trouver cent hommes?

—Je les compte sur le bout des doigts... tous... du premier au dernier... des miliciens qui lui gardent une dent effrayante. Parmi eux, un de mes anciens commis que Cassoulet a fait enrégimenter, et qui préférait demeurer derrière mon comptoir où il touchait chaque mois douze livres et où il ne courait aucun danger pour sa peau. Tenez! depuis cette époque il hait Cassoulet à lui manger le ventre. Quand il voit passer le manchot, ses yeux jettent des éclairs farouches, ses dents grincent et s'entrechoquent, ses mains se crispent avec rage... Une fois, ayant vu Cassoulet tourner le coin d'une ruelle sombre, il leva son mousquet... Mais un de ses camarades l'en a empêché.

—Alors, c'est lui qui embaucherait la bande?

—Moyennant cent écus, oui. Oh! pas pour lui les cent écus, car sa haine lui suffit, car il veut se venger. Mais pour les autres. Or, en bâclant cette affaire, nous en profitons tous: mon ancien commis satisfait sa haine, moi je me venge de ses dénonciations à mon égard et je venge mon fils en même temps, et vous, Maître Turcot, vous protégez votre fille! Que dites-vous?

—Ma foi, qu'est-ce que nous risquons?

—Rien, rien, que cent écus!

—Ah! il serait entendu, à ce que je devine, que je cotise? fit Maître Turcot avec défiance et moins d'enthousiasme, car il n'aimait pas laisser aller ainsi ses écus.

—Pardi! s'écria l'épicier, vous ne protégez pas votre fille avec des flûtes? Voyez-vous, j'irais pour ma part de cinquante écus bien sonnants.

—Oui, mais vous avez à venger votre fils

et à vous venger vous-même, comme vous avez dit, c'est-à-dire que vous représentez les deux tiers des griefs, et que, par conséquent, en justice vous auriez à payer les deux tiers de la somme, soit soixante-quinze écus !

—J'admets, Maître Turcot. Mais observez que votre fille, rien qu'à cause de sa propre valeur, égale bien les deux tiers dont vous voulez me charger. Et puis, vous oubliez votre gorge...

A ces mots Maître Turcot se dressa de fureur, proféra un affreux juron et saisit la carafe vide qu'il lança contre un mur où elle se brisa en miettes.

—Ah ! par la mitre et la crosse ! Maître Baralier, vous avez dit cinquante écus ? Eh bien ! c'est encore pour rien ! J'y vais de soixante-quinze écus... j'y vais de cent écus... j'y vais... Oh ! par l'enfer, ses démons et son feu ! je voue ce Cassoulet à toutes les tortures, à tous les supplices... Je vous le donne pour soixante-quinze écus, Maître Baralier. Embauchez vos gens, apostez-les sur l'heure, et que le soleil qui nous éclairera demain ne brille plus d'un seul rayon pour l'oeil de ce gnome maudit ! A mort ! à mort ! Maître Baralier.

Et Maître Turcot, resaisi par sa rage du matin, exhiba une bourse fort lourde de laquelle il puisa 75 écus qu'il remit à l'épicier. Celui-ci empocha l'argent prestement tout en ébauchant un sourire ambigu. Puis il se leva pour aller de suite mettre ses gens sur pied.

—Minute ! minute ! cria Maître Turcot, vous ne partirez pas que nous n'ayons vidé une autre carafe !

Il sortit, gagna son logis et revint l'instant d'après avec une carafe pleine d'eau-de-vie.

—Allons ! à la mort du farfadet ! cria-t-il.

—A la mort du gnome ! fit l'épicier.

Les deux compères vidèrent chacun deux grandes coupes d'eau-de-vie, puis l'épicier s'en alla.

Comme il s'engageait sur la Place de la Cathédrale, il se heurta à un individu qui l'envoya rouler à dix pas et prit sa course vers l'impasse.

Maître Baralier se releva tout étourdi et murmura :

—N'est-ce pas lui, ce Cassoulet ? Oui, je l'ai reconnu à sa plume blanche ! Ah ! l'animal, il a pris par l'impasse ! Eh bien ! il est à nous... Je cours prévenir Maître Turcot !

Ce dernier finissait de vider sa carafe et déjà l'ivresse le gagnait.

A la vue de Baralier tout couvert de poussière et tout jurant, il s'écria :

—Ah ! mais, après qui diable courez-vous ainsi ?

—Après Cassoulet... souffla rudement l'épicier. Il m'a envoyé m'aplatir sur la Place de la Cathédrale !

—Ho !...

Et avec cette exclamation le suisse écarquilla les yeux et regarda avec hébétement l'épicier qui secouait la poussière de son manteau.

—Oui, Cassoulet lui-même, grognait Maître Baralier. Oh ! je l'ai bien reconnu... Je traversais la Place... Ah ! à propos, Maître Turcot, savez-vous par où il a disparu ?

—Je vous le demande.

—Par votre impasse !

—Par mon impasse !...

Maître Turcot se frappa le front.

—Je devine, murmura-t-il. Il cherche Hermine... Oh ! s'il avait appris qu'elle est chez Monseigneur l'évêque ?

—Il serait capable d'assiéger le Palais de Monseigneur !

—Oui, oui, il en serait capable, le renégat ! Et s'il rôde par ici, c'est donc qu'il a eu vent de quelque chose.

—En ce cas, il faut aller chercher nos gens et les jeter à ses trousses.

—Oui, oui, allez et dépêchez-bégaya Maître Turcot à demi ivre. Vous viendrez me prévenir. Car je veux voir... je veux voir son sang ! Je veux repaître mes yeux de ses tortures ! Je veux m'assurer qu'il ne sera bientôt plus que cadavre ! Allez, Maître Baralier, et que Dieu vous garde !

L'épicier sortit, mais non sans avoir auparavant fouillé l'obscurité et prêté l'oreille, tant il redoutait de rencontrer de nouveau le terrible farfadet.

Enfin, il se glissa dans la noirceur de l'impasse.

Maître Turcot barricada sa porte. Puis il alla à la panoplie, prit une forte rapière, passa deux pistolets à sa ceinture, souffla la lampe, s'assit et attendit. Il épiait tous les bruits de l'extérieur, frissonnant, suant, mourant presque de la peur de voir surgir tout à coup Cassoulet.

Cependant, l'épicier Baralier courait chez lui, mettait en sûreté les 75 écus de Maître Turcot, puis repartait et allait frapper à la porte d'une maison voisine.

Un milicien vint ouvrir, c'était l'ancien commis de l'épicier.

—Ah! c'est vous. Monsieur Baralier? Entrez donc!

—Non, ça vaut pas la peine. Mon ami, tu sais ce dont nous avons parlé cet après-midi...

—Ah! à propos de ce maudit Cassoulet?

—Tout juste. Eh bien! si tu tiens à te bien venger, rassemble tes camarades, et je te conduirai là où il sera.

—Vous êtes certain?

—Je te le jure.

—C'est bon. Demain on ne trouvera plus que sa carcasse à ce Cassoulet, grommela l'homme avec haine.

—Alors quand serez-vous prêts?

—Dans une heure.

—Dans une heure, c'est bien.

Et l'épicier s'éloigna, pensant:

—Dans une heure ou à peu près son affaire sera réglée à ce marmouset d'enfer, car j'ai eu le soin de le mettre entre de bonnes mains!

VIII

CHEZ MONSEIGNEUR L'EVEQUE

C'était bien Cassoulet qui avait bousculé l'épicier Baralier sur la Place de la Cathédrale, le pauvre Cassoulet, le malheureux Cassoulet qui rôdait comme une âme en peine.

Il avait essayé de dormir dans sa mansarde, mais il avait été incapable de fermer l'oeil, tant il était torturé par la pensée qu'Hermine souffrait, qu'Hermine pleurait, qu'Hermine l'appelait à son secours! Il avait d'abord songé à prendre ses gardes et aller sommer Monseigneur; puis il avait renoncé à ce projet téméraire et insensé. Ensuite il avait cherché un moyen de délivrer Hermine sans esclandre. Mais comment s'y prendre? Or, pour bien concevoir un plan et l'exécuter avec succès, il importait de reconnaître les lieux, de savoir dans quelle partie du palais épiscopal habitait la jeune fille et, surtout, de découvrir son appartement. Ce n'était pas chose facile. Mais en comptant un peu sur le hasard, et mieux sur la divine Providence, que Cassoulet invoquait dans sa détresse, il y aurait peut-être moyen d'arriver à un résultat satisfaisant. Donc, ne pouvant dormir et la nuit étant très noire et propice à l'espionnage, Cassoulet quitta sa mansarde et résolut d'aller rôder autour du palais de Monseigneur l'évêque et d'étudier la place.

Il était près de neuf heures.

Sur la Place de la Cathédrale, Cassoulet heurta Baralier, le reconnut et prit la fuite vers l'impasse. Il traversa la cour du logis de Maître Turcot, santa par-dessus le mur et tomba dans ce passage étroit qui longeait les murs d'enceinte de la ville. Il tourna vers la droite, traversa une ruelle, sauta par-dessus une palissade, franchit un jardin, traversa une autre ruelle et s'arrêta devant un mur qu'il reconnut pour entourer les jardins et les dépendances de l'évêché. Dans le mur et ouvrant sur la ruelle se trouvait une porte basse. Cette porte était fermée et, comme le pensa Cassoulet, elle devait être fermée au moyen de verrous et de cadenas à l'intérieur de la cour. Le mur était haut, mais Cassoulet se croyait assez agile pour l'escalader et sauter de l'autre côté. Mais avant d'entreprendre cette manoeuvre, il leva les yeux sur l'édifice dont il découvrait vaguement la masse sombre. Il se trouvait à l'arrière du bâtiment et il n'en vit que deux fenêtres éclairées. L'une, au rez-de-chaussée, l'autre, au premier étage, et par bonheur les volets de ces deux fenêtres n'étaient pas fermés. Quant à celle du premier étage, il ne fallait pas y songer; mais Cassoulet pensait qu'il pourrait arriver à celle du rez-de-chaussée et jeter un coup d'oeil dans l'intérieur de la maison de Monseigneur l'évêque.

Certain que la porte du mur était verrouillée de l'intérieur, il ne la sonda pas; il grimpa sur le mur aux aspérités des pierres, puis sauta dans la cour. La fenêtre éclairée du rez-de-chaussée y projetait un peu de clarté, et Cassoulet put voir une petite cour avec un hangar, des latrines et un puits. Une palissade avec grille au milieu barrait la cour, et de l'autre côté s'étendaient les jardins, plantés d'arbres, de l'évêché. Cassoulet regarda la fenêtre du rez-de-chaussée; elle était trop haute pour l'atteindre. Il avisa un seau près du puits. Il le prit et alla le poser sous la fenêtre. Il lui fallut encore au moins trois pieds pour en atteindre le bord. Il fit un saut et s'agriffa de ses doigts à la pierre d'appui. A la force des bras il se tira jusqu'au niveau de la fenêtre. C'en était assez. Cassoulet jeta au travers d'un rideau de dentelle un regard ardent. Il fut saisi d'une telle émotion, qu'il manqua d'échapper la pierre à laquelle il était suspendu. Qu'avait-il vu ?... Hermine !... Oui, Hermine, assise dans un fauteuil, un livre à la main, lisant. Devant la jeune fille, et renversée sur une chaise-longue, il vit une vieille personne âgée, à l'air souffreteux, enveloppée dans un châle et qui semblait écouter la lecture de la jeune fille. Cassoulet devina que cette vieille personne, toute ridée, plissée, ratatinée, était la soeur de Monseigneur l'évêque. Le lieutenant entendit la voix d'Hermine arriver jusqu'à lui comme un murmure de rêve. Il sourit. Et, sachant ce qu'il voulait savoir, il se laissa retomber sur le sable de la cour.

Il se mit à réfléchir.

—Je pense, murmura-t-il au bout d'un moment, que le mieux à faire pour cette nuit, c'est de laisser un message à Hermine pour l'informer que je viendrai demain soir la chercher. Mais avec quoi écrire ce message ?

Il eut une idée.

De suite il se dirigea vers la porte basse du mur, en poussa les verrous, l'ouvrit et sortit sur la ruelle. Il longea les murs de l'évêché, traversa la rue qui aboutissait à la Place de la Cathédrale et s'engagea dans une ruelle étroite, sombre et déserte. Il venait de voir un réverbère éclairant une enseigne de cabaret. Le cabaret semblait désert, nul bruit ne partait de l'intérieur. Cassoulet ouvrit la porte. A l'instant même il crut voir plusieurs ombres diffuses descendre la ruelle du côté de l'évêché. Il referma la porte. Il aperçut le tavernier, seul, dormant dans un fauteuil devant la cheminée. Le tavernier ronflait doucement comme le plus heureux des hommes. Cassoulet s'approcha et leva une main pour le toucher à l'épaule. Il se ravisa.

—Bah ! se dit-il, pour ce que j'en ai besoin... Non. Laissons-le dormir !

Il jeta les yeux sur un comptoir où était posée une lampe qui éclairait très mal la taverne. A un bout de ce comptoir il aperçut une écritoire, une plume qui y trempait et deux ou trois feuillets de papier à côté. Non loin de l'écritoire le lieutenant vit une carafe remplie d'un vin rouge qui lui parut excellent. A côté de la carafe il y avait deux coupes de cristal.

—Tiens ! se dit-il, j'avais soif tout à l'heure...

Ce disant, il se versa tranquillement une rasade qu'il avala goulûment.

—Voilà qui va me faire du bien !...

Puis il alla à l'écritoire, prit la plume,

attira un feuillet de papier sous sa main et se mit à écrire ceci :

"Mademoiselle Hermine, le bon Dieu m'a fait vous découvrir. Je viendrai demain soir vous chercher. Soyez prête !... Cassoulet".

Le tavernier n'avait pas bougé.

Cassoulet glissa le billet dans une de ses poches, tira un écu qu'il déposa sur le comptoir à côté de la carafe et s'en alla.

Et chemin faisant Cassoulet se disait :

—Un de ces jours j'expliquerai à ce brave tavernier qu'est Maître Lebrun ma petite intrusion de ce soir, et je suis sûr qu'il en rira tout autant que moi !

Et il riait doucement déjà, il riait en songeant que demain soir il serait réuni à la belle Hermine !... Il regagnait la cour de l'évêché fort distrait par des rêves d'avenir et de bonheur, et il ne remarqua pas que devant lui plusieurs ombres humaines s'étaient vivement effacées pour se dissimuler dans des enfoncements de la ruelle.

La nuit était toujours noire. Le vent mugissait au-dessus des toits de la cité, faisait balancer les enseignes des boutiques, s'engouffrait dans les ruelles et soulevait un nuage de poussière. Parfois quelque rafale plus violente secouait rudement les volets, et Cassoulet levait la tête dans la crainte de recevoir un projectile quelconque lancé par la bourrasque. Il se vit de nouveau à l'évêché et bientôt dans la petite cour où le vent n'arrivait que par faibles bouffées.

Cassoulet monta sur le seau et se hissa de nouveau à la fenêtre d'Hermine. Il vit la jeune fille dans la même pose que l'instant d'avant. Vivement il glissa sous la fenêtre un coin de son billet, suffisamment pour que le vent ne l'emportât pas. Puis il regarda une seconde Hermine avec admiration et amour et sauta dans la cour.

—A demain soir, chère Hermine ! murmura-t-il.

Mais avant de s'éloigner il voulut remettre le seau près du puits, mais à l'instant même une voix terrible rugit près de là :

—Sus ! sus !...

Et Cassoulet, à sa grande stupéfaction, reconnut la voix de Maître Turcot.

Il venait de se redresser avec son seau à la main. Au même moment l'obscurité fut déchirée par des éclairs, et plusieurs coups de pistolets éclatèrent. Une dizaine de balles sifflèrent en allant s'aplatir contre les murs de l'évêché. Cassoulet, à la même minute et à la clarté des éclairs des pistolets. perçut un groupe d'hommes dans la porte de la cour... des hommes qui cuvalissaient la propriété de Monseigneur l'évêque.

Au bruit des coups de feu un cri de femme s'était élevé de l'intérieur de l'édifice...

Mais Cassoulet n'eut pas le temps de reconnaître la voix de la femme que vingt, trente, quarante rapières le menaçaient de toutes parts. Il lança son seau à la tête de ces inconnus qu'il pensa une bande d'assassins soudoyés par Maître Turcot, tira rapidement sa lame et se mit en garde. Dix lames choquaient déjà la sienne... Mais trois hommes déjà tombaient sous ses coups!

Cassoulet s'était appuyé du dos au mur de l'évêché, afin de ne pas être surpris par derrière, et il se trouvait juste sous la fenêtre éclairée, de sorte que par le rayon qui tombait dans la cour il pouvait voir un peu ses adversaires, tandis que lui avait l'avantage de demeurer dans l'ombre.

Puis un plus grand flot de lumière éclaira la scène, lorsqu'une main rapidement écarta les rideaux de la fenêtre et en tira les battants. Et dans cette profusion de lumière la tête dorée d'une jeune fille se pencha.

C'était Hermine.

Un papier venait de tomber à ses pieds, elle se baissa.

--Hermine! Hermine! cria à cet instant la voix de Maître Turcot, ferme la fenêtre!...

Hermine n'entendit pas... Hativement elle dépliait le papier et lisait le message de Cassoulet. Elle poussa un cri de joie. Mais son cri se perdit dans le bruit des rapières qui claquaient dans la cour et sous la fenêtre.

Sur sa chaise longue Mlle de Saint-Vallier s'agitait et criait avec épouvante:

—Fermez la fenêtre, Hermine... fermez la fenêtre!

La jeune fille ne prêta pas attention à cet ordre. Elle se pencha de nouveau par la fenêtre, regarda la troupe des combattants et, devinant que son amoureux était sous sa fenêtre et dans l'obscurité qui y régnait, elle demanda:

—Etes-vous là, Monsieur Cassoulet?

—Oui, Hermine, je suis là! répondit le lieutenant qui, de sa seule rapière, tenait

en respect une quarantaine d'assaillants. Ceux-ci rugissaient de rage dans leur vaine tentative d'attirer le lieutenant des gardes dans le rayon de lumière et de l'envelopper. De temps en temps la lame du jeune homme jetait un éclair et un homme tombait.

—Tiens, maraud, meurs! disait Cassoulet.

Puis il se mettait à rire en apostrophant toute la bande:

—Ah! ah! vous êtes les meurtriers à gages de Maître Turcot! Nous allons rire. Tiens, toi, butor!

Un autre s'affaissait ensanglanté et en poussant un cri de douleur.

—Allons! où est votre maître? reprenait Cassoulet sans perdre un coup de lame. Où est Maître Turcot que je l'étripe?

Maître Turcot n'eut garde de répondre à cet appel. Il se tenait depuis un moment dans la porte basse surveillant le combat. Mais en voyant que ses hommes ne parvenaient pas à abattre Cassoulet et voyant celui-ci semer la mort autour de lui, il s'élança dans la ruelle pour courir sur la rue devant l'évêché et appeler à la rescousse Maître Baralier, qui y était aposté avec une trentaine d'hommes.

Et les rapières continuaient de claquer avec un bruit terrible...

Craignant que Cassoulet n'eût à la fin le dessous, Hermine lui cria:

—Tenez bon, Monsieur Cassoulet, je vais vous prêter main forte!

Elle enjamba la fenêtre et hardiment se laissa tomber dans la cour. Les assaillants furent si stupéfaits qu'ils reculèrent un moment et lâchèrent pied. Cassoulet fonça sur eux.

—Hardi! cria Hermine, qui ramassa vivement l'épée d'un combattant tombé sous les coups du lieutenant et se plaça à côté de celui-ci. Et son premier coup blessa grièvement un des assaillants.

Ceux-ci maintenant reculaient vers la porte basse. Cassoulet disait avec triomphe:

—Mademoiselle, vous êtes sauvée... nous allons leur passer sur le ventre!

Il se réjouissait trop vite. Un nouveau venu arrivait dans la porte du mur et clamait d'une voix aigre et nasillante:

—A mort! à mort le marmouset d'enfer!

Et c'était la voix de Baralier que Cassoulet reconnut.

Au même instant trente nouveaux combattants faisaient irruption dans la cour et, cette fois, Cassoulet allait se voir enveloppé avec Hermine.

Celle-ci comprenait d'ailleurs que la partie devenait trop inégale pour la gagner, et puis elle venait d'être blessée à sa main droite. Et Cassoulet à son tour éprouvait une malchance : ayant voulu protéger Hermine contre des assaillants qui se glissaient le long du mur de l'évêché pour prendre le lieutenant par derrière, il exécuta une fausse manoeuvre, et sa rapière heurta violemment la pierre du mur et se cassa. Il se trouvait désarmé.

—Sauvez-vous! lui dit Hermine. Moi, je me rendrai!

—C'est bon, répondit Cassoulet. Je viendrai vous chercher un autre jour!

Mais par où se sauver?

Il vit le seau à quelques pas de lui. Il le ramassa, alla le poser sous la fenêtre d'Hermine et en moins de dix secondes il disparaissait dans l'intérieur de l'édifice.

Un hurlement de rage partit d'une poitrine de géant.

—Il fuit! Il fuit!... vociféra Maître Turcot qui venait d'apparaître dans la porte du mur.

A ce moment Hermine jetait son épée...

Maître Turcot se précipita sur elle, l'enleva dans ses bras et la jeta par la fenêtre ouverte du rez-de-chaussée où elle alla rouler sur un épais tapis.

Puis le suisse jetait un ordre :

—Le maudit farfadet est pénétré chez Monseigneur, qu'on garde toutes les issues! Holà, Maître Baralier!

—Voilà! voilà! Maître Turcot!...

De suite la troupe entourait tout l'édifice pour guetter la sortie de Cassoulet.

. . . .

Lorsque Cassoulet sauta dans la pièce où se trouvait, seule, Mlle de Saint-Vallier, celle-ci, en voyant apparaître ce lutin tout déchiré et ensanglanté, poussa un cri perçant et perdit tout à fait connaissance.

Le lieutenant n'y prit pas garde. Il traversa la pièce en courant, ouvrit une porte et s'élança dans un corridor sombre, mais au bout duquel il voyait un autre corridor éclairé. Bientôt il se trouva dans le vestibule. Mais à cet instant tous les serviteurs de la maison accouraient, les uns armés de couteaux, les autres d'ustensils quelconques qu'ils brandissaient en hurlant.

A la vue de Cassoulet ils poussèrent un cri effrayant et se ruèrent contre lui en clamant :

—Le bandit! Le bandit!...

Cassoulet vit le grand escalier qui montait à l'étage supérieur... il s'y jeta.

La bande des domestiques accourait derrière lui.

Là-haut, le jeune homme vit une porte ouverte, une chambre éclairée et déserte... il s'y rua. Il aperçut la porte close d'un garde-robe... il se jeta dedans. Il était temps : la meute des serviteurs passait dans le corridor comme un ouragan, puis elle montait à l'autre étage croyant que le bandit était monté sous les combles.

Dans son garde-robe Cassoulet vit une robe violette... Il eut une idée qu'il ne prit pas le temps de peser : il se vêtit de la robe violette.

—Bon! sourit-il, on va penser que je suis Monseigneur l'évêque!

Il quitta le garde-robe, sortit de la chambre et comprit que les serviteurs faisaient des recherches là-haut au-dessus de sa tête. Rapidement il redescendit au rez-de-chaussée dans le vestibule. Là, il se trouva face à face avec le brave Norbert qui hurlait à tous poumons :

—Monseigneur, au secours!... Au secours, Monseigneur!

Cassoulet l'étendit à terre d'un coup de tête, puis l'enleva et le jeta dans un appartement voisin. Il éteignit les deux torchères qui éclairaient le vestibule et courut ouvrir la porte de sortie. Mais là, une vingtaine d'hommes se présentaient pour entrer.

A la vue de Monseigneur ils reculèrent avec respect et s'effacèrent.

—Vite, souffla Cassoulet en imitant la voix de Monseigneur, il est là... venez!...

Les hommes pénétrèrent vivement dans le vestibule, mais à la même minute, Norbert, revenu à lui, rallumait les torchères, et les hommes de Baralier apercevaient Monseigneur l'évêque qui descendait l'escalier et qui les regardait avec une grande sévérité.

—Qu'est-ce que cela signifie? demanda-t-il en s'arrêtant devant ces hommes armés.

A cet instant entrait Maître Turcot, la figure plus écarlate que la bande rouge qui lui entourait le cou.

—Ah! Monseigneur, s'écria-t-il, c'était ce bandit...

—Non, ce n'est pas un bandit ! cria tout à coup une voix frémissante de femme.

Tous les spectateurs de cette scène, demeurèrent figés de surprise, en voyant Hermine, la robe et le corsage déchirés et sa main droite ensanglantée, paraître par une porte latérale.

—Ah ! ah ! fit l'évêque en essayant de sourire, ce n'était pas un bandit, dites-vous ?

—C'était Cassoulet, Monseigneur, répondit la jeune fille en rougissant.

—Cassoulet !...

—Il était venu me donner de ses nouvelles à ma fenêtre !

—A votre fenêtre ?

—Et ces hommes, Monseigneur, voulaient l'assassiner.

—Oh ! oh ! fit l'évêque en promenant des regards terribles sur les hommes de Baralier.

—Monseigneur, dit humblement l'un d'eux, nous ne voulions pas assassiner Monsieur Cassoulet ! C'est Maître Baralier qui nous a embauchés pour tuer un bandit !...

—Maître Baralier ? Et où est-il, Maître Baralier ?

—Il s'est sauvé, Monseigneur, déclara Maître Turcot.

—Et vous, Maître Turcot, que faites-vous ici ?...

—Il était avec Maître Baralier, dit un milicien.

—Ah ! ah ! Maître Turcot, c'est ainsi que vous conduisez des bandes de miliciens à l'enfer ! Et qui vous a ouvert la porte ? interrogea l'évêque en regardant les miliciens, Norbert, je suppose ?

—Non, Monseigneur... c'était Cassoulet !

—Cassoulet ? Mais il était donc dans ma maison !

—En effet, Monseigneur, dit Maître Turcot qui voulut détourner l'orage qu'il sentait venir. Le vilain farfadet a sauté par une fenêtre dans votre maison.

A cette minute les domestiques revenaient des étages supérieurs et entouraient l'évêque et les miliciens.

Alors Monseigneur regarda sévèrement Maître Turcot et dit sur un ton grave et imposant :

—Approchez, Maître Turcot... bien ! Maintenant écoutez : devant ces hommes que vous avez, avec le concours de Maître Baralier, embauchés pour faire assassiner un pauvre jeune homme qui ne vous a fait aucun mal, oui devant ces hommes et devant mes serviteurs je vous dis que vous êtes un pervers, un misérable, et je vous le dis encore devant votre fille. Maître Turcot, vous faites la traite clandestine de l'eau-de-vie et en dépit de mes sermons et de mes mandements, oui, vous que j'ai choisi comme mon suisse ! N'est-ce pas une honte ? Allons ! vous autres qui m'entendez, cria l'évêque aux miliciens, n'est-ce pas honteux que cet homme ait ainsi trompé ma confiance en se livrant à cet odieux commerce ?

De son regard terrible il foudroyait Maître Turcot. Et lui, confus, terrifié, tremblait tant qu'on entendait ses dents claquer dans sa bouche.

Et Monseigneur allait continuer ses remontrances, lorsque tout à coup un des domestiques s'écria en indiquant la porte ouverte du vestibule :

—Là, Monseigneur, là, voyez le bandit avec votre robe violette sur son dos !

Il y eut une stupeur générale.

Dehors, vers la rue, et dans l'obscurité que blanchissaient les lumières du vestibule, on pouvait apercevoir, en effet, une forme quelconque revêtue d'une robe violette.

Les miliciens s'élancèrent en armant leurs fusils.

—Arrêtez ! arrêtez ! cria l'évêque.

Mais il était trop tard : dans leur zèle les miliciens firent partir leurs fusils. Une vibrante détonation éclata et tout le vestibule s'emplit d'une fumée âcre de poudre.

Mais chose curieuse, lorsque la fumée se fut dissipée, on put voir encore la robe violette à la même place.

L'étonnement était devenu de l'hébétement.

L'évêque sortit suivi des miliciens et de la valetaille.

Il s'arrêta près d'un poteau de pierre, et reconnut que ce poteau avait été par quelque malin revêtu de l'une de ses robes violettes. Il retira la robe et l'examina : elle était trouée à plusieurs endroits par les balles des miliciens.

Il se mit à rire.

—Heureusement, dit-il, que je n'étais pas dedans !

Puis il rentra dans le vestibule où étaient demeurés Maître Turcot et sa fille.

Il se tourna vers les miliciens et dit :

—Vous autres, regagnez vos foyers, et à l'aveuir n'écoutez plus les perfides paroles de la canaille ! Quant à vous, Maître Turcot, emmenez votre fille. A l'avenir vous ne se-

rez plus mon suisse, je vous retire votre charge! Allez!

—Monseigneur! gémit le suisse en tom-
bant à genoux, pardon! pardon!...

—Allez! commanda l'évêque sur un ton
glacial.

Et il tourna le dos.

Déjà les miliciens se retiraient penauds et
tête basse.

Maître Turcot allait les suivre, quand il
frémit violemment et s'arrêta net: il ne
voyait plus sa fille.

—Monseigneur! Monseigneur! appela-t-il,
où est ma fille?

—Je ne suis plus le gardien de votre fille,
Maître Turcot, allez! riposta durement l'é-
vêque.

Un domestique, alors, tira le suisse par sa
manche et lui murmura à l'oreille:

—Maître Turcot, j'ai vu tout à l'heure
mademoiselle Hermine s'esquiver par là!...

Et il montra la porte de sortie demeurée
ouverte.

Maître Turcot poussa un grondement impossible à traduire et s'en alla en tibubant...

IX

LA BATAILLE DE LA CANARDIERE

Toute la ville avait été mise en émoi par
les coups de feu tirés par les miliciens au palais épiscopal. Et ces coups de feu avaient
été emportés jusqu'en la campagne environ-
nante. Au Fort Saint-Louis, on avait pensé que les Anglais venaient d'attaquer les po-
sitions de la rivière Saint-Charles et qu'ils
marchaient contre les portes de la ville. En
quelques minutes des bataillons de grenadiers
et de marins avaient été envoyés en reconnaissance. Mais lorsqu'on fut mis au courant de l'incident de l'évêché, toute la cité
reprit son calme et sa tranquilité. Seulement, une chose qui intriguait: on ne savait
pas ce qu'était devenu Cassoulet. On eut
beau fouiller la ville, on ne le découvrit nulle
part.

Après la vive alerte qui avait dans la nuit
précédente secoué la ville entière dans son
sommeil, ce fut une joie immense pour toute
la population lorsque le lendemain au matin,
ce 20 octobre, elle vit que les vaisseaux anglais s'étaient retirés à l'Ile d'Orléans où ils
semblaient s'apprêter à reprendre le chemin
de la mer.

On pensa que l'ennemi était découragé et
que, croyant la ville mieux défendue qu'elle

n'était en réalité, il se sentait incapable de la
prendre ni par la force ni par la surprise.

Lorsque, quatre jours auparavant, l'esca-
dre ennemie commandée par l'amiral Phipps
était venue jeter l'ancre dans la rade de Québec, la capitale de la Nouvelle-France n'était
guère en état de soutenir un siège. Cette es-
cadre se composait de trente-cinq voiles, et
cette masse de navires ennemis avait paru si
formidable que la population de la capitale
avait été bouleversée par l'effroi. Mais cet
effroi fut de courte durée, car on savait que la
petite armée de la Nouvelle-France et la gar-
nisou de Québec avaient pour les commander
un militaire de belle renommée en même
temps qu'un homme redoutable: le comte de
Frontenac. On espéra que le comte saurait
encore parer à cette menace, et cette espérance calma les esprits et leur fit regarder en
face le danger.

Le danger?... Il s'était montré plus menaçant que jamais dans l'Histoire du pays.
Car les Anglais avaient, dès le printemps de
cette année-là, fait des préparatifs formida-
bles en vue de conquérir la colonie du roi de
France. Dans une première expédition l'a-
miral Phips s'était emparé de Port-Royal en
Acadie. Il était retourné à Boston pour y
préparer une nouvelle expédition que, cette
fois, il dirigerait contre Québec.

Mais ce ne serait pas l'unique menace contre le pays: car pendant que Phipps condui-
rait sa flotte vers la capitale, un général anglais, Winthrop, avec trois mille hommes de
troupes régulières, cinq cents miliciens de la
Nouvelle-Angleterre et cinq cents sauvages
marcherait, par la voie du lac Champlain,
contre Montréal d'où il se rendrait ensuite
faire sa jonction avec les troupes que portaient les navires de Phipps, et avec ces sept
ou huit mille hommes réunis s'en serait fait
de la Nouvelle-France. Ce chiffre égalait presque la population de la colonie qui n'était
que de onze mille habitants environ, et celle-
ci n'avait pour la défendre contre ses ennemis que deux mille cinq cents combattants,
réguliers et miliciens, et environ cinq cents
sauvages Abénaquis. Cette force militaire
était d'autant plus insuffisante que le pays
se trouvait attaqué par deux côtés à la fois et
avec d'énormes distances à franchir. Il
avait donc fallu diviser la petite armée: huit
cents hommes étaient demeurés à Québec, et
le reste avait été dirigé vers le lac Champlain
pour arrêter la marche de Winthrop.

Mais là, la Providence vint au secours de
la colonie en semant la maladie dans les

troupes de Winthrop qui reboussa chemin avant même d'avoir atteint le lac Champlain.

Frontenac s'était rendu au lac Champlain pour lui barrer la route. En apprenant que le général anglais arrêtait sa marche et retournait sur ses pas, il revint précipitamment à Québec pour faire face à l'autre danger: l'amiral Phipps et sa flotte de trente-cinq navires.

A cette époque Québec n'était protégée que par des murs de palissades armés de petits canons. Frontenac fit aussitôt renforcer ces palissades, en fit dresser à la basse-ville et fit élever çà et là des barricades. Puis sur la rivière Saint-Charles il ordonna des retranchements qui furent confiés à la garde des miliciens.

Lorsque la flotte anglaise parut le 16 octobre, la capitale venait de terminer ses apprêts de défense.

Phipps, qui ignorait la retraite de Winthrop, envoya le même jour un parlementaire pour sommer le comte de Frontenac de livrer la ville.

On sait les paroles mémorables que répondit le gouverneur:

—Monsieur, répliqua-t-il au parlementaire, allez dire à votre maître que je lui répondrai par la bouche de mes canons, et qu'il sache que ce n'est pas ainsi qu'on fait sommer un homme comme moi!

Ces paroles énergiques n'avaient pas manqué d'impressionner très fort l'amiral anglais, qui pensa que la ville était en bon état de soutenir un siège. Tout de même, il résolut de tâter le terrain, et deux jours après, le 18 octobre, il bombardait la capitale. Mais les canons de Frontenac causèrent plus de dommages aux navires anglais que ces derniers de leurs canons n'en avaient faits à la ville. Et le 19 au soir les vaisseaux fort avariés de Phipps retournaient à l'Ile d'Orléans.

Mais Phipps n'était pas tout à fait découragé, il voulut faire une nouvelle tentative. Et ce même soir du 19 il transmettait au major Walley, retranché sur le rivage de Beauport, l'ordre de marcher le lendemain contre la ville et lui dépêchait dans la nuit de l'artillerie et une force de deux mille hommes.

Le 20 au matin, la population de la capitale s'était donc grandement réjouie en constatant que les vaisseaux ennemis s'étaient retirés. Mais sa joie fut de courte durée. Car dès le lever du soleil une formidable mousqueterie éclatait du côté de la rivière Saint-Charles: Walley attaquait avec près de qua-

tre mille hommes Le Moyne de Sainte-Hélène retranché sur la rive gauche de la rivière avec cinq cents Canadiens.

A cette nouvelle, Frontenac rassembla quelques bataillons et alla prendre position sur la rive droite, pour empêcher les Anglais d'y prendre pied au cas où Sainte-Hélène ne pourrait les refouler. Ce dernier avait pour le seconder son frère Le Moyne de Longueil, et tous deux ce jour-là allaient accomplir des prodiges de valeur à la tête de leurs Canadiens.

L'action avait été tout à fait inattendue. Les Canadiens étaient au repos dans leurs retranchements, lorsque deux sentinelles vinrent prévenir Sainte-Hélène que les Anglais traversaient les marais de Beauport. Sainte-Hélène décida d'aller à leur rencontre. Mais à quelques arpents de ses retranchements il fut assailli par une grêle de balles venant d'épais fourrés: il y avait là trois régiments anglais qui, à la faveur de la nuit précédente, s'y étaient dissimulés. Surpris, le jeune capitaine canadien retraita vers ses retranchements pour y demander l'appui de son frère de Longueil. Celui-ci par une marche rapide alla détourner les fourrés et prit les Anglais en flanc, tandis que Sainte-Hélène revenait à la charge et les attaquait de front. Les Anglais durent évacuer les fourrés et retraiter vers les marais pour y attendre une colonne de quinze cents hommes qui s'avançait avec de l'artillerie.

Ce que voyant et devant une force bien supérieure à la sienne, Sainte-Hélène plaça ses meilleurs tireurs dans les fourrés du voisinage avec ordre de servir à l'ennemi un feu meurtrier, puis il divisa sa bande de Canadiens et celle de son frère en petites escouades pour assaillir les Anglais par plusieurs côtés à la fois. Cette tactique était la meilleure à prendre, et elle fut couronnée de succès.

Lorsque la colonne anglaise parut, elle fut assaillie de balles si meurtrières qu'elle fut ébranlée. Mais, s'étant raffermie, elle dirigea le feu de son artillerie contre les fourrés qu'elle ravagea à ce point de les rendre intenables aux tireurs canadiens. Sainte-Hélène ordonna de feindre la retraite vers les retranchements pour inciter les Anglais à avancer encore.

Pendant ce temps Le Moyne de Longueil et les miliciens de Beauport allaient reformer leurs détachements plus loin, puis se glissaient dans la broussaille pour attendre l'avance de l'ennemi. Le major Walley, qui commandait la colonne anglaise, crut avoir jeté le désordre dans les rangs de la petite troupe canadienne. Il marcha hardiment contre les retranchements de la rivière Saint-Charles, lançant au pas accéléré deux bataillons de marins et un régiment de fusiliers. Le reste de la colonne suivait à petite distance. Sainte-Hélène comprit qu'il pourrait gaguer un grand avantage contre l'ennemi en attaquant brusquement les marins et les fusiliers et les séparant du reste de l'armée ennemie. Il dépêcha à son frère de Longueuil l'ordre de prendre, si possible, les fusiliers en queue, tandis que lui-même se jeterait à la tête des marins. Cette tactique fut bien comprise et merveilleusement exécutée, si bien que soudainement assaillis de front et de queue les marins et les fusiliers se débandèrent après quelques minutes de combat et prirent la fuite vers le fleuve, laissant sur le terrain plusieurs de leurs morts et de leurs blessés. Mais aussi, dans cette rencontre qui avait été un choc formidable, Le Moyne de Sainte-Hélène fut atteint de plusieurs balles et percé de deux coups de baïonnette dont les blessures allaient emporter à la tombe ce jeune héros canadien.

Walley, voyant sa première colonne d'attaque mise en déroute, s'élança à son tour contre les Canadiens. Durant une heure il se passa une série d'escarmouches au cours desquelles ni les Canadiens ni les Anglais ne semblaient avoir l'avantage. Mais les fusiliers et les marins, s'étant reformés plus loin, revinrent prêter main-forte au reste de la colonne ennemie. Alors les Canadiens, déjà affaiblis et trop peu nombreux pour combattre avec avantage, retraitèrent vers leurs retranchements où Frontenac apparaissait avec des bataillons de secours. Les Anglais profitèrent de l'opportunité pour faire essuyer aux Canadiens un feu terrible. Durant un quart d'heure le crépitement continu de la mousqueterie se mêla au fracas des canons. Tous les bois, bosquets, fourrés et brousses du voisinage furent hachés, et les Anglais, voyant leur chemin libre vers les retranchements canadiens, s'élancèrent au pas de course.

Au même moment sur les bords de la rivière Saint-Charles apparurent cinquante cavaliers qu'on reconnut bien à leurs uniformes gris.

—Les Gris! Les Gris!... crièrent les Canadiens avec joie.

A la tête des gardes à cheval et monté sur un vigoureux coursier noir, on reconnaissait également Cassoulet à la plume blanche de son feutre.

D'autres cris jaillirent parmi les Canadiens:

—Cassoulet! Cassoulet!...

Les Gris, armés de leurs rapières et de pistolets, franchirent au pas la distance entre la rivière et l'armée ennemie. On entendit la voix rugissante de Cassoulet:

—Mort! Mort!...

Au même instant Walley ordonnait le feu contre la cavalcade. Une détonation terrible emplit l'espace, et aux yeux des Canadiens médusés tout disparut dans un nuage de fumée. Mais déjà le nuage se dissipait, et l'on vit Cassoulet et ses gardes se ruer contre la masse ennemie et s'ouvrir un chemin large et sanglant Ce fut un tonnerre de cris et de vociférations, puis une clameur d'épouvante retentit. L'armée anglaise, sous les coups de ces démons gris, était désemparée. Le Moyne de Longueil lança ses Canadiens à la rescousse. Le court combat qui suivit ne fut qu'une boucherie; puis l'on vit les Anglais s'enfuir dans toutes les directions par bandes éperdues.

La victoire canadienne éclatait aussi rayonnante que les feux resplendissants du soleil.

Cassoulet et ses gardes poursuivirent l'ennemi jusqu'au delà des marais dans lesquels Walley avait abandonné ses canons et ses munitions, pour courir avec ses troupes en désordre vers les embarcations et gagner à toutes rames les navires de Phips.

Un grand chant de victoire salua le magnifique exploit de Cassoulet et de ses gardes.

Frontenac accourut pour embrasser son lieutenant des gardes et le féliciter... les Canadiens voulurent le porter en triomphe jusque dans l'enceinte de la ville... mais on ne le vit nulle part!

Avait-il été frappé à mort?

Non! assurèrent des gardes...

Où était-il allé? Personne ne le savait!

Cassoulet avait disparu tout à coup comme par enchantement.

X

L'EMEUTE

L'exploit de Cassoulet à la Canardière avait surexcité l'imagination des habitants de la ville, et la conduite admirable des Gris, si détestés par le peuple, fut applaudie de toutes parts. On voulut leur rendre des hommages comme on en aurait rendus à des sauveurs. On oubliait le passé, on voulait les traiter comme des enfants chéris, plus d'animosités entre le peuple et eux, plus de griefs, plus de haine! Les Gris étaient devenus des héros dignes de l'admiration entière de leurs concitoyens. Un jeune poète rimait déjà un poème en leur honneur. Quant à Cassoulet, s'il eût été là, le peuple l'eût encensé... mais Cassoulet n'y était pas!

Où était Cassoulet? C'est ce que le peuple voulut savoir! On s'enquit de par la ville. On voulait le retrouver coûte que coûte. Quelqu'un, un traître, un jaloux, un envieux, l'avait-il assassiné? Alors, gare à cet homme! Maintenant, les Anglais battus étaient oubliés! Dans sa joie et son enthousiasme la population avait aussi oublié Maître Turcot et sa gorge. Oublié aussi la tentative d'assassinat contre le fils de Maître Baralier. A présent, on voulait Cassoulet pour le fêter! De fil en aiguille on apprit toute la vérité sur l'incident de la nuit précédente à l'évêché. On sut que Maître Baralier et Maître Turcot avaient aposté des bandes de meurtriers pour occire le pauvre Cassoulet. La joie se changea en fureur! Si les meurtriers avaient réussi leur infâme complot, on aurait trouvé au matin de ce jour le cadavre de Cassoulet, et Cassoulet mort, c'en aurait été fait de la ville et du pays: les Anglais auraient été les vainqueurs et les maîtres! Une clameur de colère s'éleva, le peuple s'assembla et un cri partit de cinq cents poitrines:

—Mort à Baralier!

On interrompit la réjouissance pour reprendre la bataille... mais là c'était la bataille du peuple qui voulait venger l'affront fait à son plus grand héros!

—Mort à Baralier!

C'était terrible.

Des hommes qui juraient, des femmes qui brandissaient des gourdins et des enfants qui glapissaient couraient aux Epiceries Royales. Là, le tumulte fut épique. Maître Baralier, tout surpris, sortit sur son perron pour s'informer de l'événement. Une grêle de projectiles de toutes sortes l'assaillit, les vitres de sa boutique volèrent en éclats.

—Mort à Baralier! tonnait la foule enragée.

L'épicier n'en voulut pas demander davantage, il rentra en hâte et barricada sa porte. Mais dans sa hâte il oublia de boucher et barricader les trous dans ses vitrines, et par ces trous des citoyens et des miliciens entrèrent dans la boutique. Mais déjà l'épicier

s'était barricadé dans un cabinet noir de l'arrière-boutique où sa femme se mourait d'épouvante.

Sur la rue la foule devenait plus compacte, plus hurlante.

La maréchaussée, mise sur pied, voulut la disperser: elle résista, se rebella, lança des pierres et des imprécations aux gardiens de la paix publique. On manda un détachement de fantassins conduits par M. de Villebon. Furieuse, la foule se jeta contre les soldats.

Elle vociférait encore:

—Mort à Baralier!

Villebon dépêcha un lieutenant au Fort pour ramener du secours, de ses seules forces il ne pouvait maîtriser ce peuple déchaîné.

Alors des cris de joie et des applaudissements retentirent: on venait de voir apparaitre sur le perron de la boutique Maître Baralier prisonnier aux mains de deux artisans et de deux miliciens.

—A mort! A mort!...

Les deux miliciens et les deux artisans jetèrent Baralier dans la rue et à la foule. Celle-ci allait l'écharper...

—Holà! les enfants, cria une vieille femme, grande, maigre et sèche, avec des regards terribles, faisant des gestes à semer l'effroi, vous n'allez pas l'assommer, j'espère bien, il mérite mieux que ça... Il faut le pendre!

Un long rugissement se déroula:

—Pendez-le! Pendez-le!

—A la Place de la Cathédrale où se trouve un bel orme!

—A la Place de la Cathédrale!

—A l'orme!

Ces cris détonnaient dans l'espace, et une formidable poussée de ce peuple en délire emporta Maître Baralier et ceux qui le tenaient.

Au moment où la tourbe allait s'engager sur une ruelle transversale qui aboutissait à la Place de la Cathédrale, les renforts appelés par Villebon apparurent et sur l'ordre de ce dernier barrèrent la ruelle.

—Rendez-nous cet homme! ordonna Villebon au peuple.

—Cet homme nous appartient... il a voulu assassiner Cassoulet! cria la vieille femme maigre.

—Il ne vous appartient pas de faire justice! reprocha Villebon. Livrez-le-moi!

—Non! riposta rudement un artisan. Cet homme a de l'argent, et si on vous le livre, il se fera innocenter par le Conseil. On veut le pendre!

—D'ailleurs, il déshonorerait la vraie justice, c'est un assassin! clama la voix criarde de la vieille femme sèche.

—Et c'est un voleur! lança une autre voix de femme.

Les clameurs suivantes se confondirent:

—A bas le voleur!

—A mort le bandit!

—A l'orme!

—Pendez! pendez, sans pitié!

Une nouvelle poussée se produisit dans la ruelle et les marins furent enfoncés.

—Arrêtez! tonna la voix de Villebon, sinon je commande le feu!

Une clameur de rage partit du sein de la tourbe, et une volée de bâtons et de pierres s'abattit sur les marins et les fantassins.

—Apprêtez vos armes! commanda Villebon à ses hommes.

—Halte-là!... fit tout à coup une voix retentissante et bien connue.

La voix était tombée du deuxième étage d'une maison voisine. Et tous les regards, stupéfaits, se levèrent rapidement vers une lucarne dans laquelle se penchait une tête de jeune homme, au visage maigre et bistré, et coiffée d'un feutre gris à plume blanche.

Après la clameur de rage, ce fut la clameur de joie:

—Cassoulet! Cassoulet!...

La tourbe chancela de délire, et, comme une vague soulevée par un vent violent, elle alla déferler contre la maison et sous la lucarne où apparaissait, tranquille et souriant, Cassoulet.

Baralier, plus blanc que la plume blanche du lieutenant des gardes, plus tremblant que la feuille au vent, plus mort que vif, gémit en élevant ses mains crispées de désespoir vers le jeune homme:

—Monsieur Cassoulet!... monsieur Cassoulet!... pitié... pitié pour l'amour du bon Dieu!

Cette supplication aurait attendri des fauves.

La foule jeta un hurlement sinistre et un ⸱⸱⸱ ⸱⸱⸱⸱u foudroyant à Baralier.

Cassoulet se pencha davantage vers la vague mugissante.

—Vive Cassoulet! monta la clameur suivante.

Baralier était tombé à genoux, ses mains levées vers le héros du peuple.

—Mes amis, prononça le jeune homme, je vous prie de ne pas malmener ce pauvre homme, car ce n'est pas lui qui a voulu me faire assassiner!

La tourbe demeura béante, et chacun s'entre-regarda comme si on n'avait pas compris.

—Celui que vous accusez est innocent! ajouta le jeune homme.

Un murmure de surprise courut dans la foule.

—En ce cas, cria un artisan, dis-nous quel est celui qui a attenté à tes jours hier la nuit?

—Je ne sais pas, mes amis, répondit placidement Cassoulet. Je pense que c'étaient des détrousseurs qui ont pensé que l'escarcelle de Cassoulet était aussi bien remplie que celle de ce digne sieur Baralier.

On se mit à rire.

—Si on m'avait troué la peau, poursuivit Cassoulet, et si on m'avait enlevé mon âme, on en aurait été pour ses peines, attendu que je ne possédais pas un écu vaillant dans mon gousset.

—Tu es donc sûr que ce n'est pas Maître Baralier? interrogea un milicien.

—Je vous le jure, car à cette heure où j'étais attaqué, Maître Baralier était dans sa boutique. Je vous prie de le lâcher.

Le silence s'était fait dans la masse du peuple où l'on semblait se concerter à voix basse.

—Mais dis-nous donc, Cassoulet, cria un ouvrier à demi ivre, ne serait-ce pas Maître Turcot qui aurait soudoyé des assassins?

A cette question inattendue, le lieutenant faillit se troubler, et, une seconde, il hésita...

—Avoue! avoue! que c'était Maître Turcot! cria une voix de tonnerre. Il a voulu se venger, peut-être, parce que tu lui as griffé la gorge!

—Non! répondit Cassoulet. Non, ce n'était pas...

Il fut interrompu par ce hurlement de Baralier:

—Oui, oui, c'était Maître Turcot! Tenez! voyez-le encore...

Et Maître Baralier se haussait au-dessus de la foule et montrait de son index tremblant un homme, un colosse qui venait d'apparaître à l'autre bout de la ruelle, non loin de la Place de la Cathédrale. Et le colosse tibutait comme un homme ivre. Et sous son large manteau qui l'enveloppait et dont le collet remontait jusqu'à ses oreilles, il avait l'air de dissimuler un objet précieux.

Tous les yeux s'étaient portés dans la direction indiquée par Baralier. Tous ces gens, non sans surprise, avaient reconnu aussi Maître Turcot à sa haute stature, plutôt qu'à son visage presque entièrement caché par le collet de son manteau et les larges bords de son chapeau. Et avant que cette foule, comme statufiée, n'eût prononcé un mot, fait un geste, elle vit le colosse s'arrêter subitement, lever la tête vers la lucarne où demeurait Cassoulet, puis rapidement exhiber sous son manteau un fusil, l'épauler et faire feu.

La détonation qui éclata dans l'étroite ruelle ressembla à un coup de foudre, et à ce coup la tourbe sursauta. Puis, par instinct, elle jeta ses yeux vers la lucarne où un éclat de vers brisé se faisait entendre, et elle vit qu'un projectile venait de fracasser le carreau au-dessus de la tête de Cassoulet qui souriait.

Un long rugissement partit de toutes ces poitrines où, un moment, la respiration s'était arrêtée, puis, tout à coup, la foule se rua en avant, abandonnant Baralier, balavant le bataillon de marins, s'élançant à la poursuite de Maître Turcot. Mais celui-ci était déjà disparu. N'importe! le logis de Maître Turcot était connu. La tourbe en hurlant dévala dans la ruelle, traversa la Place de la Cathédrale et s'engouffra dans l'impasse pour s'arrêter devant le logis d'Hermine. Mais lorsqu'elle voulut forcer la porte d'entrée, elle vit Cassoulet s'élancer la rapière au poing, écarter ceux qui masquaient la porte, s'y appuyer du dos et crier:

—Arrière! ce logis est sacré!

—On veut Maître Turcot, l'assassin! hurla la tourbe.

—Par là! cria Cassoulet en montrant le passage qui conduisait au domicile du suisse. Ici, c'est le logis de sa fille, et pour y entrer il vous faudra me passer sur le corps!

Le peuple comprit de suite que Cassoulet avait de bons motifs pour garder contre toute intrusion le logis d'une bonne jeune fille, et il n'insista pas.

Mais déjà des hommes et des femmes s'étaient rendus au logis du suisse qu'ils trouvèrent inhabité. Le peuple, voyant que Maître Turcot lui échappait, refoula sa colère et retrouva sa joie. Et sa joie était d'autant plus vive qu'il avait retrouvé Cassoulet sain et sauf.

—Vive Cassoulet! cria-t-on de toutes parts.

Vingt bras vigoureux saisirent le jeune homme et l'élevèrent au-dessus de la masse du peuple.

—Qu'on le porte en triomphe au Château!

—Au Château! Au Château!...

—Vive Cassoulet!

—Vive Monsieur de Frontenac!

—Vive le roi!...

Bientôt un immense cortège de peuple délirant, criant, gesticulant, chantant prit le chemin du Château Saint-Louis, avec Cassoulet porté sur les épaules réunies de deux solides gaillards.

Lorsque que le cortège eut traversé la Place de la Cathédrale, à sa suite se mit à marcher un gamin dont les yeux admiratifs ne se détachaient pas du lieutenant des gardes, c'était le petit Paul de la mère Benoît.

Au bout de quinze minutes le cortège envahissait la Place du Château et Cassoulet était déposé devant la porte. Alors le petit Paul se faufila au travers de la foule, parvint auprès de Cassoulet et glissa dans la main de ce dernier un petit papier. Cassoulet sourit au gamin au moment où le peuple faisait une dernière ovation à son héros et commençait à se disperser.

Cassoulet gagna rapidement sa mansarde et déplia le petit papier, Il lut:

"Je vous attendrai ce soir sur la Place de la Cathédrale, après l'office... Hermine".

Cassoulet tomba sur son lit où il demeura longtemps immobile, inanimé... La joie l'avait presque tué.

XI

LA RAGE DE MAITRE TURCOT

Revenons à la veille de ce jour.

Maître Turcot avait moins supporté le coup qui lui enlevait sa charge de suisse, que les meurtrissures faites à sa gorge par Cassoulet.

Il quitta le palais épiscopal sans être trop sûr que sa tête tenait encore sur ses épaules. Il était si désemparé, que sur le moment il ne sut trop de quel côté diriger ses pas. Puis il pensa qu'Hermine avait dû regagner son logis de l'impasse de la cathédrale.

De suite il eut cette idée, pour échapper à sa honte, de quitter le pays, de s'en aller avec sa fille en France. Maître Turcot ne pourrait plus supporter les regards ironiques des fidèles, lorsqu'on verrait à la porte de la cathédrale un autre suisse; lorsque cette foule de bons chrétiens saurait que Maître Turcot avait été destitué par Monseigneur lui-même; et lorsque toute la ville aurait appris que l'ancien suisse n'était qu'un hypocrite, et qu'il s'était livré à un commerce honteux pour s'enrichir. Non... Mieux valait la mort pour Maître Turcot que les regards de mépris qui pèseraient sur lui désormais. Il fuirait la ville et le pays! Il retournerait en France. Oui, mais il ne partirait pas qu'il ne se fût vengé de Cassoulet, l'auteur de tous ses malheurs. Et grommelant, pestant, jurant, accumulant toutes les malédictions sur la tête de Cassoulet, grondant des imprécations à l'adresse de Monseigneur l'évêque, qu'il accusait de l'avoir injustement disgracié, Maître Turcot, dans la nuit obscure, gagna hâtivement l'impasse de la cathédrale. Il allait d'autant plus vite et inquiet qu'il entendait de toutes parts la population de la ville sortir du sommeil, s'agiter et se répandre dans les rues et ruelles.

Lorsqu'il s'arrêta devant le domicile de sa fille, il s'étonna de n'en pas voir filtrer un seul rayon de lumière.

—Quoi! Hermine n'était donc pas rentrée? Où était-elle allée?

Maître Turcot frémit de tout son être. Il poussa la porte et pénétra dans le logis désert et froid. Tout y était silence... un silence de tombe! Non... Hermine n'était pas venue!

Il alluma la lampe et promena autour de lui un regard atone. Il soupira... Etait-ce soupir de désespérance? d'allégement? Qui aurait pu le dire! Ce n'était certainement pas un soupir de joie!

Il se mit à marcher lentement par la pièce, les mains au dos, très sombre, très pensif.

Au bout d'un moment il s'arrêta pour examiner les choses autour de lui. Son regard vacillant se posa sur le portrait de sa fille, et un sourd grondement s'échappa du fond de sa poitrine. Puis son poing énorme s'éleva vers le plafond et de ses lèvres éclata cette imprécation:

—Ciel et terre! suis-je donc un maudit?

Il fut tout à coup bouleversé par une fureur indicible. Il courut au lit d'Hermine et en arracha les rideaux et les dentelles qu'il foula à ses pieds. Loin d'être apaisée, sa fureur parut grandir. Il se mit à tout briser, à tout saccager, avec des grondements de bête féroce, avec des malédictions. Il lacéra le magnifique portrait de sa fille. Il lacéra le malheureux, le portrait de la Vierge. Il déchira les images des saints. Il s'élança vers le crucifix de plâtre argenté, il leva ses mains... mais il s'arrêta, son regard sanglant et farouche se détourna. Puis il recula en ébauchant un geste d'épouvante, il rugit, enfonça son chapeau sur ses yeux et se rua vers la porte. Mais avant d'arriver à cette porte il vit dans le miroir accroché au mur dans le fond du logis... oui, Maître Turcot vit tout à coup sa face effroyable, ses yeux désorbités noyés dans une vague de sang, ses lèvres écumeuses et grimaçantes. Il jeta une nouvelle imprécation, saisit un escabeau et le lança contre le miroir. Ce fracas le fit tressaillir. Il poussa un hurlement et se jeta dehors. Il courut vers la Place de la Cathédrale, la traversa et s'enfonça dans le dédale des ruelles avoisinantes. Il marchait très vite. Où allait-il? Il ne le savait pas lui-même. Il allait dans la nuit obscure aussi sûrement que s'il se fut trouvé en plein jour. Il fut heurté, bousculé par des gens qui couraient et criaient. Où allaient ces gens? Il ne le savait pas non plus, et il ne se le demandait pas. Car Maître Turcot ne paraissait rien voir ni rien entendre. Il allait comme en un rêve de folie. Mais soudain en traversant une rue il fut renversé sur la chaussée par un bataillon de soldats qui dévalait au pas de course, et durant trois minutes il fut piétiné, écrasé... Puis tout disparu comme une bourrasque.

Meurtri, Maître Turcot se releva. Alors seulement il retrouva la réalité de l'existence. Cette fois il entendait d'immense clameurs s'élever de toutes parts dans la cité. Il distinguait des lueurs de torches couper rapidement les ténèbres, il entendait des cris, çà et là, parfois, éclatait un coup de feu, puis une longue clameur s'élevait, roulait au-dessus de la cité et allait bientôt se perdre et s'éteindre dans le lointain. Puis il perçut encore des ombres humaines, brandissant des falots, courir; il fut encore rudoyé, heurté. A la fin, saisi d'une épouvante mystérieuse, il se mit à courir aussi avec les autres. Qui étaient ces gens qui couraient ainsi? Il ne le savait pas! Il ne pouvait voir que des lueurs de torches ou de falots zébrant l'obscurité. Mais bientôt il se retrouva sur la Place de la Cathédrale. Alors Maître Turcot gagna l'impasse et son logis où il entra essoufflé, à bout d'haleine.

Il s'assit lourdement sur un siège et se mit à écouter les bruits de l'extérieur. Mais tous ces bruits déjà se mouraient peu à peu. Un quart d'heure après la cité était retombée dans le silence.

Alors Maître Turcot se leva, tira le panneau d'une trappe dans le plancher et descendit dans la cave. Il remonta bientôt portant une cruche de pierre remplie d'eau-de-vie. Il s'assit à une table, emplit un large gobelet et le vida d'un trait de géant. Il remplit le gobelet pour le vider d'un trait non moins rapide que le premier. Puis encore... puis encore... jusqu'à ce que de la bouche du colosse tombât un rire affreux. Il se leva brusquement, mais l'ivresse le faisait chanceler. N'importe! il enleva son manteau qu'il jeta par terre avec rage. Il lança dans un coin son chapeau. Ses dents grincèrent, son regard toujours injecté de sang fit une rapide inspection du logis. Dans un angle il aperçut son grabat. Il y marcha pesamment, titubant, puis il s'y écrasa de tout son long. Maître Turcot, la seconde d'après, n'eut été sa respiration rauque, aurait semblé mort.

. . . .

Des grondements de canons et des crépitements de feu de mousqueterie réveillèrent Maître Turcot brusquement. Il se dressa tout effaré, s'assit sur le bord de son grabat et, tremblant, frisonnant, il se mit à écouter. Il crut entendre des bruits de bataille, mais des bruits qui venaient de la campagne du côté de Beauport ou de la Canardière, lui sembla-t-il. Il écouta encore. Est-ce que les Anglais étaient revenus? Oui, c'étaient bien des airs de batailles qu'il entendait, il en reconnaissait les bruits et les rumeurs. Sur la Place de la Cathédrale il entendait passer à toute vitesse de la troupe de cavalerie, le cahotement de roues de canon, la course de troupes à pied, et des appels de clairons retentissaient, des cris, des clameurs, et tout ce train-train paraissait dévaler vers la rivière Saint-Charles. Plus de doute, on se battait par là!...

Mais les Anglais n'attaquaient-ils pas la ville?

Car, tout à coup, les cloches de la cathédrale se mirent à sonner le tocsin. Puis, peu après, la cloche du Palais de l'Intendance. Puis, plus loin, la cloche de la Chapelle de l'Enfant-Jésus, qu'on allait quelques jours après appeler Notre-Dame de la Victoire lorsque la flotte anglaise serait partie, puis, encore, la cloche du Séminaire... Ah! c'est que Maître Turcot les connaissait toutes par leur son ces cloches qui sonnaient. Puis encore celle des Jésuites, celle des Ursulines, celle des Récollets... Oui, toute la capitale fut couverte en quelques minutes du bruit sonore de l'airain, si bien, que sous ce bruit s'étouffèrent toutes les rumeurs de bataille...

Maître Turcot se leva, la tête lourde, hagard, vacillant. Ses mains tremblantes de fièvre saisirent des fagots qu'elles disposèrent en pyramide dans l'âtre froid comme glace. Après bien des difficultés le suisse réussit à allumer ces fagots et à les faire flamber. Ses mains tremblaient tellement qu'elles étaient malhabiles à faire quoi que ce fût. Son re-

gard abruti avisa la cruche sur la table. Il la soupesa... elle était vide. Il leva le panneau de la trappe et descendit dans sa cave pour en revenir avec une autre cruche. Trois fois de suite Maître Turcot vida un plein gobelet d'eau-de-vie. La liqueur parut lui faire du bien: ses mains tremblèrent moins, ses jambes se raffermirent, ses membres frisonnants s'apaisèrent peu à peu et son visage glabe, étiré commença à se teinter de rougeurs. Bref, son sang refroidi se réchauffait, toute la vie en lui se ranimait rapidement, et le suisse sourit.

Dans la cheminée le feu se mettait à pétiller joyeusement, une bonne chaleur se répandait dans le logis. Maître Turcot approcha un siège, s'assit et tendit ses jambes et ses pieds vers les chenêts... Ah! quel bien-être il ressentait maintenant. Et, toujours souriant, il se mit à penser.

Mais comment Maître Turcot pouvait-il sourire? Avait-il donc oublié les événements de la veille? Oui, il avait oublié... Mais bientôt le souvenir sortit des brumes qui emplissaient en l'assombrissant le cerveau du suisse. Alors le sourire tomba, se brisa pour s'éparpiller en vapeur incolore, et sur les lèvres épaisses du colosse il ne resta plus qu'un rictus, mais quel rictus!..*. Et ses yeux sereins de l'instant d'avant s'emplirent de nuages et de nuages qui furent sillonnés d'éclairs! Un frémissement le secoua des pieds à la tête. Ses doigts serrèrent avec force les bras du fauteuil. Sa respiration tranquille se fit souffle rude, vent... Une tempête éclata sous son crâne, son esprit vascilla, et comme si sous son fauteuil une mine eût éclaté, il bondit, se dressa et hurla cette imprécation:

—Enfer et ciel!... un hoquet coupa sa gorge.

Cette gorge, il la saisit à deux mains, sa face esquissa une horrible grimace de douleur ou de haine, et sa voix devenue caverneuse râla ces mots:

—Cassoulet!... Ah! gnome, gringalet, satan, démon, maudit farfadet, je n'ai pas dit mon dernier mot!

Il saisit son feutre et l'enfonça avec force sur sa tête, jeta son manteau sur ses épaules et sortit. En trois enjambées il gagna le logis de sa fille et s'arrêta, tout surpris, sur le seuil d'où il considéra un instant cet intérieur bouleversé, saccagé, vide et froid. Il referma la porte et rentra chez lui. Il se laissa choir sur son siège devant la cheminée, et, chose étonnante, il se mit à pleurer tandis que d'effrayants sanglots grondaient dans sa poitrine.

Mais pourquoi, par quel prodige pleurait et sanglotait ainsi Maître Turcot, ce colosse qui ne semblait animé d'aucun sentiment humain ? Ce géant dont la charpente était habitée par toutes les passions, dont le coeur était plus fait pour couver la rancune et la haine que l'amitié et l'amour ? Oui, pourquoi pleurait cet homme qui ne songeait qu'à accumuler de l'argent par des commerces illicites, lui qui ne vivait que pour faire montre de dignité sous son bicorne galonné d'or, sous son rouge manteau, dans sa culotte de soie, ses bas violents et ses souliers d'argent ? Pourquoi sanglotait cet homme qui ne vivait que pour la vanité de s'attirer le respect des fidèles à l'église, et les regards d'admiration des gamins et des badauds de la cité assistant aux offices divins ? Car ces gamins et ces badauds ne regardaient ni l'évêque dans ses chasubles d'or, ni le clergé en grands surplis de dentelle, ni les enfants de choeur en robes rouges, ni l'autel illuminé et fleuri, ni les images saintes aux coloris puissants, ni les statues de bronze dans les niches éclatantes de lumière, ni les vitraux aux couleurs multicolores... Non rien de tout cela n'attirait leurs regards, ou ne retenait leur attention ; ils ne voyaient et n'admiraient que le superbe suisse qui, la hallebarde à la main droite, la main gauche à la poignée de l'épée de parade, se tenait à l'arrière du temple, debout, impassible, grave et d'une dignité qui les impressionnait.

Oh ! Maître Turcot ne manquait pas ces regards naïfs et admirateurs, et il se haussait, prunelles éclataient de triomphe, tout son être tressaillait d'orgueil inouï ! Alors il jouissait... Il n'était au monde, à ces moments, nulle joie pareille à la sienne ! Il n'était nul bonheur comparable au sien ! Quoi n'était-il pas le mortel le plus important et le plus imposant ? Assurément. Les fidèles devant lui s'effaçaient, les hommes le saluaient, les femmes faisaient une gracieuse révérence, tout comme s'il eût été Monseigueur l'évêque. Avant et après les offices il commandait à la foule qui lui obéissait sans une récrimination, sans un murmure. Il était un maître, une autorité, presque une divinité !... Il en était venu à penser et à se persuader peut-être que sans sa présence le temple saint fût demeuré désert, que la religion se fût éteinte ! Il croyait que les fidèles accouraient à l'église pour le voir, lui, Maître Turcot ! Ah ! comme il se délectait de ce savou-

reux orgueil ! Pauvre Maître Turcot ! il était de ce nombre trop énorme de ces naïfs qui pensent, parce qu'ils ont de beaux habits ou parce que leur taille a quelque élégance ou parce que, encore, leur visage est moins laid que d'autres visages, oui, pauvres idiots, qui s'imaginent que tous les regards se portent vers eux, que tous les esprits les louangent en silence et qu'ils sont devenus un sujet d'admiration universel, lorsque, pauvres insensés, ils ne sont qu'un objet de curiosité ridicule ou de mépris ! Ah ! pauvre Maître Turcot ! il en était, comme tant d'autres, arrivé à se dire et à croire que le monde ne se courbe que devant les qualités ou mieux les apparences extérieures, et à ne pas se douter que ce qui compte réellement et sûrement, que ce qui éblouit sans fracas ce sont ou les qualités morales ou les qualités intellectuelles ! Mais n'importe ! il était heureux dans son genre... dans son genre insensé ! La vie était devenue pour lui un rêve enchanteur, elle était un paradis ! Si le passé parfois avait été dur de traverse, il l'oubliait ou tâchait de l'oublier. Mais certainement le présent était délicieux ! Quant à l'avenir... allons donc ! à quoi bon y penser ! Cet avenir n'était-il pas un prolongement du présent ! Quelle inquiétude pouvait lui causer cet avenir ? Aucune ! Il était suisse de Monseigneur à perpétuité ! Il était ou passait pour honorable ! Et puis, chose non à dédaigner, jamais le pain ne lui manquait, et c'était réjouissant lorsqu'il voyait tant de miséreux grouiller autour de lui, tant de mendiants qui sous leurs haillons sordides grelottaient au coin des rues, à la porte des temples, aux abords des palais ! Et par-dessus le marché... ah ! n'était-il pas un privilégié ce Maître Turcot ?... oui, par-dessus le marché il avait une fille bonne et belle comme un ange... une fille qu'un jour un seigneur puissant ne dédaignerait pas d'épouser, ou qu'épouserait tout au moins un homme d'instruction susceptible de devenir un personnage ! Ah ! Maître Turcot le croyait, sa fille était destinée par le nom de son père à toucher aux plus grands honneurs, à la gloire !

Maître Turcot se vit dans toute cette splendeur, il évoqua les rêves les plus fous, les plus audacieux, les plus irréalisables ! Il eut même la folle vision de voir sa personne sise sur un socle dominant la foule admirative de l'univers ! Le soleil rayonnait moins que lui ! L'atmosphère s'emplissait de son ombre ! Le monde ne vivait que parce qu'il vivait, lui ! Mais, hélas ! Maître Turcot avait eu l'imprudence d'abandonner sa bicoque misérable pour entrer dans un palais... mais un palais de verre qui tout à coup éclata ! Tout s'effron dla soudain ! Le tableau étincelant s'obscurcit, la lumière disparut, et il sembla à Maître Turcot qu'il s'enfonçait avec une rapidité vertigineuse dans un gouffre inouï de douleurs, d'abjections et d'ignominies ! Tout à coup, comme par un choc d'éclair, il était renversé du trône éblouissant sur lequel il s'était haussé, et jeté sur un pavé raboteux et sale. Et il n'avait fallu que d'une seconde pour faire de tout un monde de gloire et de joies, un monde d'abjections et de souffrances ! Lui, hier, père heureux, se vit tout à coup sans fille ! Lui, hier respecté et salué, se vit un être vil et méprisé, pourchassé, traqué comme un bandit, comme un démon hideux ! Lui, hier si sain, si vigoureux, si fort, n'était plus aujourd'hui qu'une lèpre pantelante ! Ah ! misère ! Et dire et penser qu'il n'avait suffi qu'un d'un simple farfadet, un gnome, un enfant... oui, mais un enfant terrible qui de sa petite main, de son jeune souffle avait soufflé et abattu le colosse terrible, le géant inexpugnable ! Ce n'était pas possible ! Et pourtant... c'était vrai ! C'était si vrai qu'il se sentait en devenir fou !

Ah ! oui, que trop vrai ! Car Maître Turcot retrouvait tout son souvenir, toute sa mémoire... atroce mémoire, mémoire tyrannique qui réjouit lorsqu'on récolte les fleurs qu'on a semées, ou qui martelle et tue lorsqu'on ne retrouve sur ses pas que les détritus tombés de nos vices ! Maître Turcot subissait la torture de la mémoire qui lui rappelait trop nettement le geste et les paroles de Monseigneur l'évêque, la nuit précédente ! Quel réveil, ce matin ! Que lui restait-il de tout ce passé riche en vanités, de tout cet avenir éblouissant qu'il avait escompté ? Rien... que la pire déchéance ! Ah ! jamais humain dans l'histoire des mondes et des puissants n'avait été si déchu ! Il semblait à Maître Turcot que la déchéance de l'Archange n'était pas comparable à la sienne. Hier, il avait possédé, aujourd'hui il avait tout perdu, il était tombé dans un néant hideux où, moribond, il agonisait ! Mais ne pourrait-il pas remonter ? Ah ! non... jamais ! Il y a des hommes qui remontent, parce qu'ils sont humains ! Mais lui Maître Turcot n'était plus humain ! L'avait-il jamais été ? Ah ! non, il ne pourrait remonter ! Il avait beau chercher, essayer de se resaisir, de s'agripper à quelque espoir, il sentait tout lui échapper, et il constatait avec horreur qu'il ne lui restait

plus rien, à peine le souffle de sa vie ! Plus rien ?...

A cette pensée, Maître Turcot se leva, frotta rudement ses yeux mouillés, fit tourner ses sanglots en grondements de lion, ravala une salive âcre, et vociféra avec un geste d'ultime défi :

—Il me reste ma vengeance !... Il me reste la peau de Cassoulet, et je l'aurai !...

Il ricana sourdement en retombant dans sa folie.

Il se promena un moment, indifférent en apparence au tocsin, aux bruits de la bataille dans les marais de Beauport, aux clameurs du peuple dans la ville. Il méditait. Son visage, tout à l'heure douloureux, retrouvait l'expression de la haine que couvait son coeur ; ses yeux qui, un moment, s'étaient noyés de larmes, roulaient de nouveau dans des flots de sang ; ses lèvres, qui avaient bu des larmes, rejetaient de la bave. Pourtant il se domina.

—Il faut du sang-froid ! se murmura-t-il.

Il venait de s'arrêter devant une armoire. Il la regarda ou avec crainte ou avec inquiétude. Il tira doucement les deux panneaux et l'ouvrit toute grande. Il croisa les bras et promena un regard amoureux et triste à la fois sur les objets qui se présentaient à sa vue troublée. C'était le manteau écarlate accroché avec le bicorne noir galonné d'or ! Et c'était la hallebarde, l'épée, la culotte de soie noire, les bas violets et les souliers d'argent ! Oui, c'étaient là les ornements de sa haute dignité dont il était maintenant déchu à tout jamais ! A présent et à l'avenir il ne pourrait plus s'en parer avec cette immense jouissance de l'orgueil satisfait ! Dorénavant il ne porterait plus que ces oripeaux qui le couvraient comme le plus bas des hommes !

Un affreux soupir se dégagea de sa gorge encore endolorie par les blessures faites par la main de fer et les griffes d'acier de Cassoulet.

Il ferma l'armoire. Et, repris par ses pensées antérieures, il murmura :

—Rien que ma vengeance... rien que ma vengeance à présent !

Tout à coup le tocsin cessa de se faire entendre... tout à coup les bruits de bataille se turent... tout à coup un grand et solennel silence plana sous le ciel et sur la terre... tout à coup, encore, de joyeuses et vibrantes clameurs retentirent par toute la ville, des chants envahirent l'espace, des musiques éclatèrent...

Maître Turcot tressaillit, puis alla se vider à boire, comme s'il avait pensé d'éclairer son esprit pour comprendre ce qui se passait. Mais il n'y comprenait rien. Sa pensée lui échappait. Il n'était plus certain d'être vivant sur cette terre mortelle. Il voulut voir, savoir, comprendre... et il sortit.

Il n'alla pas loin d'abord : il pénétra dans le domicile inhabité de sa fille. A la panoplie, l'unique chose avec le crucifix que, dans sa rage la veille, il n'avait pas touchée, il prit des pistolets qu'il passa à sa ceinture et un fusil qu'il dissimula sous son ample manteau. Il quitta le logis, traversa la Place de la Cathédrale et s'enfonça dans les ruelles de la ville. Le soleil était haut, la cité animée et joyeuse. Maître Turcot marchait lentement, comme un bourgeois heureux qui se promène. Mais il allait, enveloppé comme un voleur, de son manteau dont le collet remontait à ses oreilles et avec son large chapeau rabattu sur ses yeux, de sorte qu'on pouvait difficilement le reconnaître. Il croisa des artisans et des bourgeois qui riaient et discutaient avec animation. Il croisa des femmes et des enfants qui chantaient. Il croisa des jeunes filles ravissantes qui lui rappelèrent l'image de sa fille. Mais il prenait peu garde à ces gens, car il ruminait des projets d'atroce vengeance. Une fois, il vit un gamin qui criait en soufflant dans une conque et ce gamin portait au bout d'un bâton une pancarte sur laquelle avaient été écrits ces mots :

"Battus les Anglais! Cassoulet les a mis en déroute avec ses gardes! Vive Cassoulet!"

Maître Turcot sourit... mais son sourire était féroce et cruel.

—Ah ! gronda-t-il entre ses dents, Cassoulet ne jouira pas longtemps de sa gloire... Je suis tombé, il tombera !

Plus loin, un autre gamin soufflant dans une autre conque portait l'affiche suivante :

"Ce soir, à huit heures, service d'action de grâces à la cathédrale! Accourez tous, fidèles sujets du Pape et du Roy!"

Cette fois, Maître Turcot se sentit mal au coeur ! Qu'allaient dire, ce soir, les fidèles sujets du Pape et du Roy, s'ils ne voyaient pas à la porte du temple l'imposant suisse, le superbe Maître Turcot avec son manteau rouge, sa hallebarde et ses souliers d'argent ?...

Il continua à marcher sans s'inquiéter de la direction que prenaient ses pas.

Dans une rue qu'il ne parut pas reconnaître il s'arrêta en entendant des clameurs qui ne semblaient pas, comme ailleurs, des clameurs de joie. Il vit courir devant lui une troupe de femmes, d'enfants et d'hommes, et ces gens criaient :

—Mort à Baralier !

Maître Turcot parut sortir d'un songe. Il frissonna. Baralier ?... L'épicier du Roy ?... Il n'en était pas loin, la rue voisine ! Mais Baralier... qu'avait-il à faire avec Baralier pour le moment ? Non ! C'est Cassoulet qu'il voulait ! C'est Cassoulet qu'il cherchait !

Eh bien ! au nom de Baralier fut bientôt mêlé celui de Cassoulet ! Mais le nom de Baralier était prononcé avec fureur, tandis que celui de Cassoulet était crié avec joie !

—Qu'est-ce que tout cela signifie ? se demanda Maître Turcot.

Par l'autre extrémité de la rue sur laquelle il se trouvait accouraient d'autres groupes de citoyens qui clamaient aussi : Mort à Baralier !

Saisi de peur, le suisse s'engagea dans une rue tortueuse, déserte et sombre et se mit à courir. Il arriva bientôt à la Place de la Cathédrale. Plus loin les cris grandissaient, les clameurs tonnaient, et c'était par là où Maître Baralier tenait boutique. Maître Turcot fut tenté de rentrer chez lui. Mais la curiosité fut plus forte, et il remonta la rue. Mais il s'arrêta tout à coup en voyant du peuple apparaître à l'extrémité de la rue, du peuple que contenait un bataillon de marins. Maître Turcot s'enfonça dans une porte pour regarder. Mais il était trop loin pour bien voir. Il décida de se rapprocher. Mais il n'avait pas fait vingt pas qu'il entendit acclamer le nom de Cassoulet.

Cassoulet !...

Chose inouïe : Maître Turcot le voyait... oui, il le reconnaissait là-bas penché dans la lucarne d'une maison, et il le voyait qui parlait au peuple ! Oui, c'était lui, car lui seul portait une plume blanche à son feutre !

Son émotion était si intense qu'il chancelait tout en marchant. Car il marchait plus vite, pour se rapprocher plus tôt et pour mieux voir et mieux entendre. Car il était intrigué par ce cri sans cesse répété dans la masse du peuple :

—Mort à Baralier !

Qu'avait donc fait Baralier qu'on en voulût tant à sa vie ?

—Qu'importe !

Mais une chose certaine, Cassoulet était là ! Maître Turcot pensa à sa vengeance.

Il approchait encore du peuple... Cette
fois il entendait distinctement la voix de Cassoulet, et Cassoulet défendait Baralier contre
ses accusateurs! Mais de quel crime était-il
accusé?

Et Maître Turcot aperçut tout à coup Maître Baralier lui-même entouré de gens qui le
menaçaient! Et tout à coup il s'arrêta... Il
fut saisi par un vertige d'effroi! Maître Baralier le désignait au peuple et criait:

—Voyez-le... il est là....

Maître Turcot faillit tomber, quand il vit
tous les regards se tourner vers lui... Mais
lui vit bien mieux Cassoulet, Cassoulet à trente verges environ... Sans penser davantage,
Maître Turcot épaula son fusil... Il comprit
que par son geste il terrorisait le monde entier! Il entendit, si l'on peut dire, le grand
silence qui se produisit! Mais sa main trembla un peu quand il voulut mettre Cassoulet
en joue... C'était une belle cible! La tête du
jeune homme, du farfadet était penchée hors
de la lucarne, et Cassoulet, comme le peuple,
regardait Maître Turcot! Celui-ci lâcha le
coup!

Il ne vit rien qu'une fumée, mais il ne voulut pas voir davantage. Il jeta son arme
fumante et prit sa course.

Il courait d'autant plus fort qu'il sentit
une meute après lui.

Il se rua en avant comme un tigre.

Il arriva à la Place de la Cathédrale. Où
aller? Il obéit à l'instinct: il traversa la place et pénétra dans l'intérieur du temple tout
à fait désert à cet instant. Là, il serait en
sûreté. Mais pour plus de sûreté encore, il
grimpa vers le clocher à demi démoli par les
boulets anglais. Il s'y blottit. Il se réjouit
bientôt de l'idée qu'il avait eue, car de son
haut poste d'observation il pouvait voir la
foule du peuple qui accourait en hurlant. Il
la vit traverser comme un cyclone la Place
de la Cathédrale, puis comme une vague de
mer en furie s'engouffrer dans l'impasse.

—Allons! sourit Maître Turcot, quelle
bonne idée j'ai eue de monter ici! Ah! oui,
cherchez Maître Turcot, tas d'insensés!

Peu après la foule revenait... Chose curieuse, elle revenait maintenant joyeuse, en
chantant, en acclamant un nom: Cassoulet!...

Maître Turcot regarda... Non! ce n'était
pas possible! Que voyait-il, là, porté sur les
épaules de deux gaillards? N'était-ce pas un
farfadet, un gnome, un marmouset d'enfer,
un petit diablotin portant plume blanche à
son chapeau gris?

force de jouer avec des épées, vous finirez par vous faire tuer, et ça serait bien dommage!

Hermine ne répliqua pas, et docilement laissa panser sa légère blessure par la brave femme.

Puis, pour satisfaire la curiosité de celle-ci, la jeune fille fit le récit tout au long de l'incident qui était survenu au Palais Épiscopal.

Mais la mère Benoit n'était pas l'unique auditrice d'Hermine: le petit Paul, assis sur une marche de l'escalier qui montait à l'étage supérieur, écoutait, tout ravi, le récit de la jeune fille. Car rien ne plaisait tant au gamin que ces histoires de batailles où l'épée jouait toujours un si grand rôle. A l'arrivée d'Hermine le petit bonhomme était couché; mais en entendant les premiers mots de la bagarre de l'évêché, il s'était levé doucement et, à l'insu de sa mère, s'était installé dans l'escalier d'où il pouvait voir et entendre la jeune fille.

Le récit de la fille de Maître Turcot n'avait pas moins ému la mère Benoit que son fiston.

—Ce n'est pas pour dire, commenta-t-elle, mais si ça continue comme ça, ce pauvre monsieur Cassoulet n'en mènera pas large longtemps.

—Oh! je vous assure, madame Benoit, répliqua Hermine avec admiration, que Monsieur Cassoulet n'est pas facile à prendre. Il est brave, adroit, agile, et ceux qui lui en veulent finiront pas se lasser.

—Je vous crois, mademoiselle.

—Et puis il ne voulait pas faire de mal à personne, il était venu pour me faire sortir de la maison de Monseigneur.

—Mais quelle idée avait donc eue votre père de vous confier à Monseigneur l'évêque?

—Il craignait pour ma vie dans l'impasse où viennent souvent des maraudeurs.

—Mais Monsieur Cassoulet, qu'est-ce qu'il a donc fait à Maître Turcot?

Hermine rougit et avoua candidement:

—Rien, madame Benoit. Mon père n'est pas content parce que Monsieur Cassoulet m'aime et que je l'aime aussi.

—Mais encore, y a-t-il longtemps que vous vous aimez comme ça? interrogea la mère Benoit tout étonnée.

—Ca ne fait que de commencer, répondit naïvement Hermine, et c'est par hasard! Mais je pense que, quand on s'aime comme ça, tout d'un coup, sans se connaître, c'est bon signe, et que c'est une destinée et qu'il faut l'accomplir.

—Oh! là vous avez raison, mademoiselle, sourit largement la mère Benoit. Anselme et moi on s'est aimés comme ça, et ç'à toujours duré.

La bonne femme, soudain, aperçut son fiston penché dans l'escalier et paraissait prendre un plaisir extraordinaire à écouter ce qui se disait entre les deux femmes.

—Comment, s'écria la mère Benoit en prenant un air courroucé, tu es là, marmouset, à écouter et à reluquer mademoiselle? Va te coucher! Voyez-vous ça ces enfants, si c'est pas curieux un peu! Va te coucher!...

Tout confus, le petit bonhomme se leva pour obéir à l'ordre reçu. Mais Hermine l'interpella:

—Une minute, mon bon petit Paul, que je te dise un mot. Si tu veux me faire plaisir, demain tu tu mettras à la recherche de Monsieur Cassoulet pour l'informer où je me trouve, veux-tu?

—Oui, mamezelle, répondit le gamin.

—Ca vaudrait peut-être mieux de lui confier un petit message, suggéra la mère Benoit.

—Tout juste, madame. Demain matin j'écrirai un mot à Monsieur Cassoulet. Peut-être, petit, ajouta la jeune fille, pourras-tu le trouver encore au Château.

Il était tard lorsque les deux femmes décidèrent de se coucher.

Dès le matin, au moment où la bataille s'engageait dans les marais de Beauport, le petit Paul partit pour le Château Saint-Louis porteur d'un billet pour Cassoulet.

Mais le lieutenant des gardes n'était pas au Château.

Le petit bonhomme erra par la ville jusqu'au midi sans rencontrer Cassoulet et sans se douter que le manchot était parti à la tête de ses gardes pour la Canardière. Et nous savons comment, vers les quatre heures de l'après-midi, le gamin avait enfin trouvé Cassoulet porté en triomphe par le peuple.

Hermine avait passé toute cette journée dans la plus grande inquiétude. Quand le petit Paul vint lui dire que son message avait été donné au lieutenant des gardes, alors seulement la jeune fille respira. Puis, certaine que Cassoulait ne manquerait pas au rendez-vous qu'elle lui avait assigné, elle voulut se parer de ses plus beaux atours. Mais il lui fallait aller à son logis pour y chercher son linge. Accompagnée du petit Paul elle partit pour l'impasse. Elle manqua de s'évanouir en entrant dans son logis et en découvrant que tout avait été brisé et saccagé. Saisie de peur, elle rebroussa hâtivement chemin avec son petit compagnon, et regagna la maison de la mère Benoit. Elle rentra suffoquée par l'angoisse, et raconta l'horrible saccage qu'elle avait découvert à son domicile. La mère Benoit frissonna et s'écria :

—Si c'était le diable qui serait entrée chez vous !

Hermine pleurait à chaudes larmes en pensant aux objets si chers à son coeur qu'une main barbare avait brisés, en songeant à l'image de la Vierge qu'on avait déchirée... Son sein se souleva d'horreur.

Mais à la fin la mère Benoit à tranquilliser la pauvre jeune fille, en l'assurant que Monsieur Cassoulet saurait bien, en la rendant heureuse, lui faire oublier ce malheur.

Au nom de Cassoulet Hermine sourit. Puis elle s'écria, rougissante :

—Mais comment pourrai-je me rendre au rendez-vous ? Comment pourrai-je aller entendre l'office à la cathédrale ce soir avec cette robe ?

La mère Benoit sourit :

—Mademoiselle, dit-elle, soyez tranquille. Je vous prêterai mon corsage et ma jupe de mariage, et je vous garantis que vous serez parée comme une marquise. Quand j'avais votre âge, j'avais la même taille que la vôtre, et ça vous ira si bien qu'on pensera que c'est à vous-même. Venez dans ma chambre, je vais vous montrer ça !...

L'instant d'après la mère Benoit aidait Hermine à se parer pour l'office à la cathédrale et son rendez-vous avec Cassoulet.

. . . .

Hermine n'était pas seule à se parer pour le service religieux et pour son rendez-vous d'amour : au château, Cassoulet donnait à sa toilette un soin et une recherche comme jamais auparavant.

Mais il n'était pas seul, lui non plus, à s'astiquer : il était un autre personnage qui s'apprêtait à paraître à la cathédrale, et c'était Maître Turcot ! Mais comment cela se faisait-il ? Nous allons voir.

Nous savons que le suisse s'était réfugié dans le clocher avarié de la cathédrale, pour échapper à la foule du peuple ameutée contre lui. Quand le peuple eut pris le chemin du Château Saint-Louis avec Cassoulet porté en triomphe, Maître Turcot demeura dans son gîte pour y attendre l'entre chien et loup et regagner son logis. Or, il était là fort mal à son aise et très inquiet, lorsque tout à coup il aperçut Hermine qui, suivie du gamin de la mère Benoit, traversait la Place de la Cathédrale et gagnait l'impasse. Maître Tur-

cot tressaillit d'une joie indicible : il revoyait, il retrouvait Hermine qu'il avait crue un moment perdue pour toujours. En la voyant s'engager dans l'impasse, il eut l'idée de descendre de son perchoir et de courir après la jeune fille. Il n'osa pas, parce qu'au même instant des citadins passaient sur la Place. Il attendrait que celle-ci fût déserte, et il était certain de trouver plus tard sa fille à son domicile de l'impasse. Mais il fut secoué par un trouble énorme en revoyant peu après Hermine revenir de l'impasse et, toujours accompagnée du petit Paul, traverser la Place et disparaître dans une ruelle proche.

Malgré son désappointement, le suisse sourit.

—Bah ! se dit-il, je sais toujours bien où elle perche, la gamine ; car, si je ne me trompe, ce galopin est celui de la mère Benoit. Mais que diable était-elle allée faire à l'impasse ?

Voilà ce que Maître Turcot ne pouvait deviner. Mais il était certain d'une chose : de tenir Hermine !

Mais allait-il aller la chercher de suite ? C'était encore un problème qui demandait réflexion. Ce qui l'intriguait surtout, c'était de penser que sa fille avait cherché un refuge chez la mère Benoit. Pourquoi ?... Avait-elle décidé d'abandonner son père ? Et si Maître Turcot allait la chercher là, est-ce qu'elle consentirait à le suivre ? Il est vrai que le suisse pouvait user de son autorité paternelle, et que nul ne pouvait s'opposer au droit du père sur son enfant ! Mais si par hasard le père Benoit était dans sa maison, est-ce qu'il ne pourrait pas protéger Hermine ? Est-ce qu'il n'allait pas ameuter toute la cité contre Maître Turcot ? C'était à craindre.

Après réflexion, Maître Turcot se dit :

—Je vais attendre à demain avant d'aller chercher Hermine, d'ailleurs je sais toujours où elle loge. Demain, j'aurai pris mon parti. Ah ! si je pouvais seulement mettre la main sur Cassoulet !

Cassoulet !...

Ce nom brûlait la tête et le coeur de Maître Turcot.

—Voyons ! se dit-il, il y a ce soir action de grâces à la Cathédrale, et il est bien probable que Mons Cassoulet viendra avec l'espoir d'y rencontrer Hermine. Je pourrais donc, en sachant m'y prendre, faire d'une pierre deux coups : me venger de Cassoulet et reprendre Hermine !

Le suisse sourit. Et longtemps il médita son projet de vengeance.

Vint la brune.

La ville se calmait de moment en moment. Les rues se vidaient, les citoyens rentraient dans leurs foyers pour le repas du soir, le silence se faisait partout.

La Place de la Cathédrale, déserte, s'assombrissait.

Maître Turcot jugea le moment venu de quitter son gîte. Il descendit du clocher, sortit du temple, et se dirigea d'un pas rapide et étouffé vers son domicile.

Mais le suisse fut bien près de s'évanouir d'effroi ou de prendre la fuite en découvrant devant sa porte un individu qui paraissait l'attendre. Heureusement, il reconnut de suite l'homme qui déjà le saluait bien humblement: c'était le jardinier de Monseigneur l'évêque.

Maître Turcot reprit vite possession de son calme.

—Tiens! fit-il bonnément, c'est vous, père Sévérin?

—Oui, Maître Turcot, c'est Monseigneur qui m'envoie!

—Ah! Monseigneur vous envoie!...

Le suisse pensa qu'il allait être frappé à mort par un coup de sang, mais un coup de sang produit par le délire de la joie. Oui, Maître Turcot venait de penser que Monseigneur, étant revenu sur sa décision de la veille, envoyait son jardinier pour recommander à son suisse de revêtir ses habits et de prendre ses ornements pour la cérémonie du soir. Oui, c'était clair comme tout, Monseigneur l'évêque réinstallait Maître Turcot dans ses honorables fonctions! N'était-ce pas assez pour créer la joie la plus folle au coeur d'un homme comme Maître Turcot?

—Bien, bien, père Sévérin, répondit-il sur un ton protecteur. Mais si vous voulez entrer, je vous offrirai bien un verre de vin?

—C'est bien aimable à vous, Maître Turcot.

Et le vieux jardinier suivit le suisse dans l'intérieur de la bicoque.

Maître Turcot se montra fort aimable envers son visiteur; il le fit asseoir sur le meilleur fauteuil, et lui servit une coupe d'un excellent vin de France.

—Ainsi donc, père Sévérin, dit le suisse, vous disiez que Monseigneur...

—Justement, Maître Turcot, interrompit le jardinier en essuyant ses lèvres mouillées de vin, et comme je suis pressé, je vais vous faire ma petite commission de suite.

Assis près d'une table, Maître Turcot souriait avec béatitude et importance, à la fois,

tout en sirotant son vin et papillotant des paupières. Ah! il savait bien que Monseigneur ne pouvait se passer de lui et qu'il lui faisait savoir de reprendre sa charge de suisse. Il lui prenait des envies de sauter au cou du père Sévérin et de l'embrasser pour le récompenser de la joie immense qu'il lui apportait.

Le jardinier venait de vider entièrement sa coupe.

—Voilà ce que c'est, reprit-il avec une certaine hésitation qui inquiéta un peu Maître Turcot, Monseigneur m'envoie chercher les habits et les ornements!

Maître Turcot pâlit.

—Les habits et les ornements!... bredouilla-t-il.

—Oui, Maître Turcot, le manteau rouge, le chapeau galonné d'or, la culotte de soie noire, les bas violets et les souliers d'argent...

—Et les souliers d'argent!... bégaya Maître Turcot devenu livide et tremblant.

—Et aussi la hallebarde et l'épée!

—La hallebarde et l'épée!...

Maître Turcot renversa sa coupe à moitié vidée.

—J'ai bien le regret, Maître Turcot, poursuivit le jardinier fort gêné par le trouble de son hôte, mais je dois vous dire que Monseigneur m'a nommé son suisse, alors. . .

—Ah! il vous a nommé son suisse!...

—Oh! ce n'est pas moi qui le lui ai demandé, allez!

—Non?

—Non, Maître Turcot. Franchement, je n'aime pas à prendre le bien des autres.

—Vous êtes honnête! sourit le suisse qui se remettait de sa stupéfaction.

—Et quand on est honnête, on le reste!

—Parbleu!

—Parbleu!

Maître Turcot essayait maintenant de se composer une physionomie indifférente. Il affectait de ne pas être chagriné, froissé. Il s'efforçait de ne pas voir dans le geste de Monseigneur une disgrâce. Il tâchait d'éloigner de sa pensée ce que dirait le peuple, ce soir-là, lorsqu'il verrait un nouveau suisse à la porte de la cathédrale, car il s'imaginait bien ce qu'on dirait:

—Tiens! où est donc Maître Turcot?

—On l'a donc remplacé?

—Oh! oh! je parie qu'il a été disgracié par Monseigneur!

Il voyait déjà les sourires narquois sur les lèvres des fidèles, il entendait sur son compte toutes espèces de médisances et de calomnies, et, naturellement, c'était un supplice atroce pour Maître Turcot, une torture qu'il était facile de voir sur son visage. Eh bien! c'est cette torture qu'il éprouvait en réalité et qu'il ne voulait pas laisser voir à son visiteur. Et pour échapper à ses souffrances, il pensait à Cassoulet, à sa vengeance!

Il servit au jardinier une autre coup de vin et dit tout bonnement:

—Je suis bien content, père Sévérin, car j'avais justement prié Monseigneur de me trouver un remplaçant. Seulement, père Sévérin, je tiens à vous avertir bien charitablement: c'est une charge importante que celle de suisse de Monseigneur, et pensez-vous que, pour la première fois, vous la remplirez dignement?

—Oh! je vous assure que je ne suis pas à mon aise, pour la première fois, comme ça, tout à coup... je ferai certainement des gaucheries.

—C'est certain. Même que vous ferez rire un peu les badauds. Vous connaissez les badauds?

—Oui, je les connais. Je sais bien qu'ils riront à plein ventre, mais que voulez-vous faire?

—Voulez-vous un bon conseil?

—Bédame, oui!

—Que diriez-vous si, pour la cérémonie de ce soir, je reprenais mes fonctions de suisse pour vous enseigner la manière et la façon. Seulement, vous devrez me regarder bien attentivement. Vous vous tiendrez pas trop loin de moi, de sorte que nul de mes gestes ou de mes poses ne vous échappe. De cette façon vous pourrez, dimanche,. c'est-à-dire après-demain, remplir ces hautes fonctions avec aisance et dignité. Je pourrai aussi, pour vous être agréable, vous donner demain dans le cours de la journée quelques exercices qui, ma foi, feront un vrai suisse du jardinier de Monseigneur. Car, vous concevez bien qu'on ne porte pas le manteau rouge comme une cape de spadassin, la hallebarde comme un rateau, l'épée comme un sécateur ou même comme une bêche. Et l'on ne traîne pas les souliers d'argent comme on traîne les sabots. Et puis il y a la pose, l'attitude, la façon de tenir la tête droite et légèrement, mais pas trop, rejetée en arrière, la manière de camper sur la tête le bicorne. Puis encore la position des jambes, la cambrure de la taille, la manière de tenir noblement la hallebarde. Il y a encore les révérences à faire, les saluts, les inclinations de tête, les génuflexions, la manière de marcher en tenant les talons quelque peu en dedans, enfin, mille autres petits secrets que je vous enseignerai.

—O mon Dieu! vous me faites trembler, Maître Turcot, s'écria le vieux jardinier. Mais je ne pourrai jamais posséder tous ces secrets!

—Bah! vous vous y ferez, sourit Maître Turcot, du moment que vous me laisserez vous guider.

—Ah! sûrement, sûrement, je suivrai vos conseils. Et je veux bien que ce soir vous repreniez votre charge. Oui, j'aime bien mieux ça, du moment que ça vous ne déplaît pas de me rendre ce service-là.

—Comment donc! Je vous le dis: je tiens que cette charge soit remplie avec honneur et dignité.

—Mais devrai-je en prévenir Monseigneur?

—En prévenir Monseigneur? Pourquoi? Ce serait bien l'importuner pour rien. Qu'est-ce que ça lui fera, du moment qu'il verra son suisse à son poste! Moi ou vous, ce n'est pas l'homme qui compte, c'est la charge!

—Vous avez raison.

—Donc, reprit Maître Turcot quasi chaviré de joie, vous viendrez vous poster près de la porte de la cathédrale et vous me surveillerez. Après la cérémonie, ou demain matin, si vous aimez mieux, vous reviendrez chercher les habits et les ornements. Vous savez que c'est des choses précieuses... venez voir!

Il alla ouvrir l'armoire. Mais il se ravisa aussitôt.

—Une minute, père Sévérin, il fait trop sombre pour bien voir.

Maître Turcot alluma une bougie et conduisit le jardinier à l'armoire. Là, il éleva la bougie à hauteur de sa tête et dit sur un ton impossible à rendre:

—Regardez, père Sévérin!

Oui, il avait dit cela comme s'il eût montré à son visiteur un trésor incalculable.

Et tout comme devant un trésor, le jardinier demeura ébloui!

Maître Turcot sourit davantage. Puis il traita une troisième fois le jardinier, et les deux compères prirent rendez-vous pour huit heures précises à la porte de la cathédrale.

Lorsqu'il fut assuré que le jardinier s'était éloigné, Maître Turcot fit entendre un sourd rugissement. Sa face devint terrible à voir par les grimaces de haine et de torture qu'elle esquissa. Il courut à son grabat et dessous tira une cruche d'eau-de-vie. Coup sur coup il se vida trois terribles rasades, puis furieusement quitta son logis. Il entra dans le domicile d'Hermine et alla à la panoplie. Il y prit un collier d'acier, un plastron, une cotte de mailles, des brassards et des gantelets. Puis il choisit soigneusement une des rapières, longue et lourde lame que seul un bras et un poignet comme les siens pouvaient manier. Avec ces choses sous son bras il retourna chez lui. Là, il se dévêtit de ses habits du jour pour endosser le plastron et la cotte de mailles pardessus lesquels il mit sa veste. Autour de son cou il ajusta le collier d'acier et pardessus le collier posa la bande d'étoffe rouge. Puis il passa les brassards, mit à sa ceinture deux pistolets et un poignard, ceignit la rapière, et sur ses épaules il jeta le manteau rouge. Il se regarda... Il tressaillit violemment en s'apercevant qu'il avait oublié de mettre la culotte de soie noire, les bas violets et les souliers d'argent! Ah! Maître Turcot était si distrait!... N'importe! au bout de dix minutes il était tout à fait le suisse de Monseigneur.

Il se regarda dans un miroir et sourit avec un contentement féroce.

Puis, en attendant l'heure de la cérémonie, il se mit à marcher, pensif. Un rictus mauvais s'imprimait sur ses lèvres, des éclairs traversaient ses prunelles sombres. Maître Turcot savourait à l'avance sa vengeance... une de ces vengeances dont le monde entier parlerait durant des siècles!

Il fut tiré de sa rêverie par le son des cloches de la cathédrale... l'heure était venue. Maître Turcot assujettit son bicorne galonné d'or, prit sa hallebarde, ébaucha un sourire terrible et sortit.

XIII

AMOURS ET JOIES !

La cathédrale resplendissait de lumières.

Du Château Saint-Louis venait une troupe de soldats de la garnison précédée de tambours et de fifres, et éclairée dans sa marche par des porteurs de torches. Suivaient le comte de Frontenac, ses gardes et ses principaux officiers.

Sur la place de la cathédrale se tassait déjà la foule des fidèles. On y discutait à voix basse les derniers événements. Il y avait partout de la joie et de la confiance. Aux dernières nouvelles, ce jour-là, on avait appris que les troupes anglaises débarquées sur le rivage de Beauport deux jours auparavant

s'étaient toutes rembarquées sur les navires de l'amiral Phipps. On penchait donc à croire que tout danger avait disparu. On allait donc en remercier le Ciel par des prières ferventes et des chants d'hommages. La Place était vivement éclairée par des torches, des flambeaux ou des lanternes que portaient de nombreux citoyens. Dans cette vive lumière à laquelle se mêlait, par la porte ouverte du temple, la clarté de l'intérieur, le peuple aperçut, non sans étonnement, la haute stature de Maître Turcot portant avec ostentation ses habits de suisse et ses armes. Il était là, droit, immobile, sévère, surveillant les fidèles. A le voir ainsi on l'eût pris pour une énorme cariatide sculptée au fronton de l'église. Et non loin du suisse, on aurait pu reconnaître le père Sévérin, jardinier et futur suisse de Monseigneur, qui, la figure épanouie, l'oeil admiratif, ne perdait pas de vue une seconde la magnifique silhouette de Maître Turcot.

Seulement, plusieurs fidèles, qui avaient eu vent de l'incident de l'évêché, se demandaient par quel miracle Maître Turcot se retrouvait dans son manteau rouge! Est-ce que Monseigneur, après considération, l'avait réinstallé dans ses fonctions de suisse? Il fallait bien le croire.

Lorsque le Gouverneur apparut escorté de ses gardes, Maître Turcot s'étonna de ne pas voir Cassoulet, et il eut peur de manquer sa vengeance qu'il avait, s'avouait-il, si bien combinée. Ah! est-ce que le diable allait s'en mêler? A cette pensée, Maître Turcot rugit en lui-même et il trembla. Mais il fit taire ses tourments afin de ne pas trahir ses sentiments intérieurs.

Le Gouverneur et son escorte pénétrèrent dans la cathédrale, puis suivit la foule des fidèles. Mais comme l'avant-veille, le temple fut trop petit pour contenir tout le monde, et la Place demeura encombrée par le reste des citoyens et la troupe de soldats qui avait accompagné le gouverneur.

Mais Maître Turcot s'étonnait encore de ne pas voir Hermine... Hermine qui ne manquait jamais une cérémonie religieuse, un office! Qu'est-ce que cela voulait dire? Ah! est-ce que Cassoulet l'aurait enlevée? Le suisse frémit... Mais non! Déjà, la foule sur la place s'effaçait précipitamment pour livrer passage à une jeune fille. Et Maître Turcot, avec un tressaillement de joie, entendit ces paroles dites par un bourgeois:

—Place! mes amis, c'est la fille de Maître Turcot!

C'était bien Hermine qui, peu après, passait devant son père qu'elle salua d'une inclination de tête et d'un sourire.

Maître Turcot voulut lui parler, mais sa gorge serrée par l'émotion ne put émettre le moindre son. Il vit sa fille se perdre dans les rangs pressés du peuple à l'intérieur du temple.

Alors, pour faire passer son émotion, Maître Turcot s'écarta un peu de la porte, se pencha vers l'ombre à sa gauche et demanda à voix basse:

—Eh bien! père Sévérin, est-ce que vous me regardez faire?

—Oui, oui, Maître Turcot, je ne vous laisse pas de l'oeil! Je suis bien content, je saurai mieux m'y prendre dimanche.

—Mais regardez encore, père Sévérin!

—Parbleu! c'est comme je vous l'ai dit.

Et, croyant avoir repris son calme, le suisse alla se camper de nouveau dans la porte illuminée.

Mais il fut saisi de suite par une autre émotion en entendant une rumeur sourde derrière lui. Il se retourna et vit la foule qui s'écartait avec déférence sur le passage d'un être chétif, tout petit, mais qui avait à ses lèvres minces un sourire vainqueur et à son chapeau une plume blanche. Il marchait en se dandinant, la main gauche sur la garde de sa longue rapière dont le fourreau relevait un pan de son manteau gris.

Oui... c'était bien Cassoulet!

En le reconnaissant Maître Turcot pâlit affreusement, et les traits de son visage furent si subitement altérés et il fut secoué d'un si violent frisson, que le père Sévérin le crut malade et s'apprêta à courir à son secours. Mais Maître Turcot possédait des nerfs d'homme, il se dompta, se raidit, et put commander à ses lèvres de sourire.

Et au moment ou Cassoulet allait franchir la porte, Cassoulet qui passait, digne et dédaigneux, sans faire mine de voir le suisse, celui-ci s'inclina sur sa hallebarde, sourit largement et toucha le lieutenant au bras. Cassoulet s'arrêta net, jeta un regard surpris sur le suisse et prononça avec un sourire fort narquois:

—Ah! c'est vous, Maître Turcot?

—Monsieur le lieutenant, souffla rapidement le suisse, après l'office, oui après... quand le coeur vous en dira... si vous voulez revenir, revenir ici même, j'aurai deux mots à vous dire... mais deux mots qui vous feront plaisir!

Et le suisse s'inclinait encore avec tant de courtoisie et d'humilité, il souriait si débon-

nairement, que Cassoulet demeura très surpris. Il pensa, non sans une grande joie qui se manifesta aussitôt dans ses regards brillants:

—Je gage que Maître Turcot consent à me donner la main de sa fille!...

Alors, il prit le meilleur de ses sourires et répondit:

—Maître Turcot, je ne saurais vous refuser ce moment d'entretien. C'est bien, je reviendrai après l'office, quand le peuple aura réintégré ses foyers.

—Vous n'aurez qu'à frapper deux petits coups dans la porte! ajouta le suisse.

—Bien, Maître Turcot, je frapperai les deux petits coups!

Et, plus rayonnant que jamais, Cassoulet pénétra dans la cathédrale.

L'évêque et son clergé apparaissaient à cet instant dans le sanctuaire éclatant de lumières.

Le premier regard de Cassoulet fut de fouiller la masse compacte des fidèles pour découvrir, si c'était possible, la figure blonde et rose d'Hermine.

Un pouvoir surnaturel guida-t-il ses yeux? Peut-être! En tout cas, Cassoulet aperçut à quelques pas devant lui la jeune fille pieusement agenouillée et profondément recueillie.

Il savoura délicieusement la charmante silhouette.

Tout le temps que dura la cérémonie il ne perdit pas de vue la belle enfant. Ah! comme il la trouvait belle... plus belle qu'il l'avait vue la première fois! Ah! oui, c'était véritablement une madone, comme nul peintre encore n'avait pu en imaginer, par la finesse des traits du visage et l'expression de douce sérénité qui les enveloppait. Quel peintre aurait pu trouver sur sa palette des cheveux aussi beaux, aussi dorés, aussi ondulés! Quel artiste aurait pu trouver sous son pinceau des joues aussi roses et aussi veloutées! Aurait-il pu imaginer une bouche aussi admirable? Et ses yeux... est-ce qu'il était possible d'en faire de pareils en peinture? Non, jamais! Et cette nuque? Ah! une déesse en eût été jalouse! Et Cassoulet rêvait, rêvait les plus folles choses! Et ces choses lui parurent à la fin si mirifiques, si splendides, qu'il finit par les croire impossibles. Il eut honte d'avoir associé l'humanité à cet ange! Car c'était un ange! Il voulait s'en convaincre, et à tout moment il s'imaginait que l'ange allait s'envoler vers des Paradis célestes. Mais alors l'ange n'était pas pour lui! Etait-il possible qu'un homme, un mortel pût épouser un ange ? Et lui, Cassoulet, être chétif, malingre, infirme, presque laid, était-il possible qu'il devint l'heureux compagnon de cet ange radieux ? L'esprit du jeune homme vagabondait, son cœur brûlait, dans ses veines des flammes crépitaient, un aimant irrésistible l'attirait vers cette jeune fille qui, à ce moment, devait certainement se trouver réunie à une troupe invisible d'esprits célestes, tant elle apparaissait détachée de la terre !

Enfin, les derniers chants retentirent sous les voûtes majestueuses et sonores, les derniers accords des musiques se firent entendre, et la foule des fidèles s'écoula lentement et doucement hors du temple.

Le Gouverneur et sa suite sortirent en dernier lieu. Les tambours et les fifres éclatèrent d'une musique guerrière et victorieuse. Une longue clameur de joie salua le gouverneur, et le cortège se dirigea vers le Château Saint-Louis.

Cassoulet s'était dissimulé derrière un pilier et avait laissé s'écouler le flot des fidèles. Il guettait Hermine. La jeune fille ne quitta sa pose recueillie qu'au moment où le sacristain éteignait les cierges et les lampes. Au moment où elle allait tremper ses jolis doigts dans le bénitier, Cassoulet se précipita et lui offrit galamment l'eau bénite. Elle sourit, se signa et dit :

—Merci, monsieur !

Cassoulet lui offrit son bras qu'elle accepta sans hésitation, et le couple, au grand étonnement de ceux qui en furent témoins, sortit de la cathédrale. Maître Turcot s'était vivement rejeté dans l'ombre de la porte pour ne pas être vu des deux amants, puis de son regard perçant il les suivit jusqu'à ce qu'ils eurent disparu dans les ténèbres au-delà de la Place.

Les deux amoureux n'allèrent pas loin. Cassoulet avait entraîné la jeune fille dans une ruelle déserte et avait dit, tout tremblant d'une émotion joyeuse :

—Mademoiselle Hermine, comme vous le voyez, je suis au poste !

—Merci d'être venu, Monsieur Cassoulet. Ah ! j'ai eu tellement peur que vous ne vînssiez pas !

—Me pensiez-vous mort ? se mit à rire le lieutenant.

—Est-ce qu'on sait jamais avec vous ? Vous êtes si imprudent ! reprocha tendrement la jeune fille.

—Mademoiselle, c'est mon tempérament, et je vous assure qu'avec ce tempérament on ne meurt pas plus tôt que les autres.

—Mais vos amis s'inquiètent !

—Ah ! vous avec donc été bien inquiète ?

—Je ne fais que commencer à vivre !

—Et moi, donc, Mademoiselle Hermine ? Si vous saviez comme je vous ai cherchée !

—Mais vous vous êtes battu aujourd'hui, et on dit...

—Des sottises, Mademoiselle ! Toute l'affaire n'a été qu'une petite bagarre après laquelle les Anglais ont déguerpi.

—On vous a porté en triomphe...

—Oh ! il faut si peu au bon peuple pour l'enthousiasmer !

—Ah ! monsieur, n'oubliez pas que le peuple, c'est tout ! Il blâme, approuve, louange, condamne, et il vaut mieux l'avoir pour soi que contre soi ! Quand il veut, le peuple est puissant ! Il est bon, comme vous dites, et il est méchant aussi ! Il gouverne, il dirige, il commande et on lui obéit ! Le maître, ce n'est pas le roi ou son représentant, c'est le peuple ! Le roi n'est souvent que l'esclave de ce peuple qu'il croit dominer et asservir !

—Vous parlez bien, mademoiselle, sourit Cassoulet avec ravissement. Vous parlez si bien que je voudrais bien vous entendre toute ma vie, et je ne me laisserais jamais.

—Je vous en prie, Monsieur Cassoulet, ne me louangez pas plus qu'il est nécessaire pour rester dans les bornes de la politesse. Du reste, je ne fais que répéter les paroles que me dicte ma pensée.

—Et savez-vous que votre pensée est semblable à la mienne ?

—Vraiment ? Je suis contente que nous puissions nous comprendre déjà sans nous connaître davantage.

—C'est un signe qu'une destinée nous conduit l'un à l'autre.

—Je le pense, Monsieur.

—Et moi, je le crois du moment que vous n'aviez pas été choquée par l'aveu que je vous ai écrit.

—Ah ! monsieur, c'est que j'ai pensé que cet aveu était sincère et vrai. Aussi, vous ai-je appelé à mon secours.

—Je suis venu, parce que je suis demeuré vivant comme vous me l'avez ordonné. Ah ! Hermine, s'écria le jeune homme emporté par la passion ardente qui le bouleversait, voulez-vous à votre tour me dire le mot que je vous ai dit ?

—Vous dire que je vous aime, Monsieur ? Mais ne l'avez-vous pas deviné ?

—Ah ! Hermine, merci ! Vous m'ouvrez

le ciel ! Vous ne me défendrez donc pas de vous demander d'être à moi ?

—Je ne saurais vous le défendre, attendu que je rêve d'être à vous !

—O mon Dieu ! s'écria Cassoulet, était-il possible que vous me réserviez une telle joie ? Hermine, Hermine... s'écria Cassoulet pris par la folie du bonheur, laissez-moi...

Et avant que la jeune fille n'eût eu le temps de s'en défendre, Cassoulet la prenait dans ses bras et enfouissait ses lèvres dans la soie de ses cheveux d'or.

Et elle, cette Hermine, ne la repoussait pas... Elle souriait d'extase... Jamais plus grande joie n'avait rayonné dans son âme...

Et Cassoulet murmurait, ivre d'amour, ivre d'un bonheur sans pareil:

—Demain, Hermine... oui, demain, tu seras ma femme, je le jure !

Longtemps les deux amants demeurèrent ensevelis dans leur rêve d'amour. La Place de la Cathédrale s'était vidée, et le peuple s'étant retiré avec ses flambeaux, ses torches, ses falots, elle demeurait noire et silencieuse. Toutes les lumières du temple avaient été éteintes. La ville entière, plus silencieuse de minute en minute, entrait dans le sommeil. La nuit, rendue plus noire par le ciel nuageux, devenait plus froide.

Cassoulet songea tout à coup à son rendez-vous avec Maître Turcot.

—Ah ! ma chère Hermine, s'écria-t-il après un long silence, je pense bien que tout coopère pour assurer notre bonheur. Votre père m'a prié d'aller le rencontrer à la cathédrale où il veut m'entretenir d'un objet important.

—Mon père, dites-vous? fit la jeune fille en tremblant.

—Oui, Hermine. Je conçois qu'il désire approuver notre union, car je lui ai trouvé, ce soir, une physionomie fort rassurente et de bon augure.

—Oh ! si vous disiez vrai ! s'écria Hermine avec joie. Car mon père, Monsieur Cassoulet, n'est pas méchant, bien que, parfois, il soit emporté et violent. Ses colères ne durent pas et il n'a pas de rancune.

—Je vous crois. Aussi, suis-je assuré que nous ferons bon ménage à l'avenir Maître Turcot et moi.

Et Cassoulet fit ses adieux à sa bien-aimée, baisa galamment sa main blanche et prit le chemin de la cathédrale.

Pendant un moment Hermine le suivit de loin, puis elle s'enfonça dans la ruelle où habitait la mère Benoît. Mais soit instinct, soit pressentiment, Hermine n'alla pas loin. Elle rebroussa tout à coup chemin et revint à la Place de la Cathédrale dans le dessin de guetter Cassoulet, s'assurer qu'il sortirait de la cathédrale sain et sauf et le voir s'en aller au Château Saint-Louis. Alors elle serait tranquille. Car il faut dire, bien qu'elle ne crût pas son père méchant, qu'elle avait quelque méfiance. Elle s'étonnait un peu de ce rendez-vous à la cathédrale entre Maître Turcot et Cassoulet. Pourquoi à la cathédrale? Certes, dans ce lieu saint elle n'avait pas à redouter pour la vie de son amant ! Mais encore, un rendez-vous dans la cathédrale... Est-ce que Maître Turcot voulait jurer sur le saint autel amitié à Cassoulet? N'aurait-il pas pu aussi bien donner ce rendez-vous

Et cette question répétée éveillait terriblement la curiosité de la jeune fille. Le temps s'écoulait long, long, long ! Ah! Maître Turcot en avait donc bien à dire à Cassoulet ! Dix fois la jeune fille fut tentée d'aller à la porte du temple et d'écouter ce qui pouvait se passer ou se dire à l'intérieur. Une peur secrète la retenait ! Souvent une voix intérieure lui soufflait qu'on avait tendu un piège au lieutenant des gardes. Mais qui aurait tendu ce piège? Maître Turcot? Mais dans le temple du Seigneur! Quel homme assez infâme attenterait à la vie d'autrui dans la maison de Dieu? Pas Maître Turcot assurément! Mais était-il bien sûr que le suisse et Cassoulet se trouvassent dans l'église? Hermine n'avait pas vu le lieutenant y entrer! Maître Turcot aurait bien pu attendre Cassoulet à la cathédrale, puis de là l'emmener ailleurs... dans un coupe-gorge peut-être, au fond d'un noir cul-de-sac... qui le savait au juste! Et qui pouvait être assuré de ce qui se passait dans ces ténèbres épaisses! Un crime aurait pu être commis à dix pas de la jeune fille qu'elle n'en aurait pas eu connaissance !

Dans le froid de la nuit Hermine devenait toute transie. Elle allait se mettre à marcher pour se dégourdir, quand elle avisa une ombre humaine qui traversait la Place de la Cathédrale, une ombre qui semblait venir du temple, une ombre qui venait à elle! Est-ce Cassoulet? Non... cette silhouette humaine semblait de haute taille.

Elle s'effaça dans l'enfoncement d'une porte. Un homme passa rapidement devant elle... Hermine vit cet homme, mais elle ne pu le reconnaître. Mais ce n'était pas Cassoulet! Et à en juger par la stature, elle pensa que c'était son père. Cet homme marchait très vite et à pas étouffés. Bientôt la jeune fille n'entendit plus ses pas. Si c'était Maître Turcot, où allait-il?

Inquiète, tremblante, elle demeura dans cet enfoncement de porte. Il lui semblait qu'elle était incapable de marcher. Elle voulait rentrer chez la mère Benoît, à dix pas de là seulement, mais elle sentait un attrait quelconque vers la cathédrale. Il lui semblait que quelque chose se passait, mais quelque chose d'affreux, de terrible. Elle voulait voir, savoir, et en même temps la crainte la retenait la clouant sur place. De temps à autre elle implorait, par une muette et fervente prière, la grande Vierge au Ciel, elle lui de mandait des forces, de la vaillance. Elle demandait à Dieu de protéger la vie de Cassoulet.

Une heure de nuit sonna à un beffroi de la cité.

La jeune fille tressaillit comme au sortir d'un songe horrible, elle jeta autour d'elle un regard éperdu Puis, se souvenant du rendez-vous de Cassoulet et de Maître Turcot, elle pensa que son inquiétude avait été la cause d'un rêve fou.

—Une heure, se dit-elle! Que va penser madame Benoît de ne pas me voir revenue? Suis-je devenue folle.

Elle sourit en revoyant l'image amoureuse de Cassoulet, en pensant au baiser fou du jeune homme dans ses cheveux d'or, puis elle décida de rentrer au logis de la mère Benoît.

Mais voilà qu'un homme encore descendait la ruelle vers la Place de la Cathédrale! Etait-ce le même personnage? Hermine demeura immobile et frisonnante.

L'homme passa devant elle, du même pas étouffé et rapide. Oui, c'était la même silhouette, la même stature. Et si c'était Maître Turcot, d'où venait-il? Qu'avait-il à parcourir la ville endormie à cette heure?

Hermine le suivit, à dix pas environ, à travers l'obscurité de la Place. Elle s'arrêta interdite en voyant l'ombre pénétrer furtivement dans la cathédrale... dans la cathédrale silencieuse et noire!

Elle avança doucement, et, à sa grande surprise, mais joyeuse aussi, mais effrayée en même temps, elle vit un filet de lumière traverser l'interstice entre les deux vantaux de la porte du temple. Elle fut joyeuse parce qu'elle pourrait peut-être voir ce qui se passait de l'autre côté de la porte; mais effrayée aussi par la crainte instinctive de découvrir quelque chose d'horrible!

Elle avança encore plus timidement. Elle prêtait l'oreille. Aucun bruit ne troublait le grand silence, qu'un bruit sourd, saccadé, près d'elle... Elle tressaillit violemment car ce bruit n'était autre que le battement de son coeur.

Agitée et tremblante elle arriva près de la porte, colla un oeil dans l'interstice... Tout son être chancela... De ses mains elle chercha un appui à la porte comme pour s'empêcher de tomber. L'une de ses mains saisit âprement le cadre de la porte, mais cette main glissa, et doucement, sans heurt, sans choc, sans une plainte, la jeune fille s'affaissa sur le perron de pierre...

XIV

GEANT ET LUTIN

Qu'avait donc vu Hermine?...

Une chose horrible: le corps inanimé de Cassoulet étendu sur les dalles de l'église, couché sur le dos, les bras en croix, la gorge ouverte et sanglante, la poitrine percée de coups, et sa rapière à lui brisée et noyée dans une mare de sang qui fumait encore!

Et voici ce qui s'était passé.

Après avoir quitté Hermine, Cassoulet était venu frapper les deux petits coups convenus dans la porte de la cathédrale. Un rayon de lumière à peine perceptible passait entre les vantaux de la porte, ce qui fit penser au jeune homme que le suisse l'attendait encore.

De l'intérieur la voix placide de Maître Turcot demanda:

—Est-ce vous, Monsieur Cassoulet?

—Oui, Maître Turcot, ouvrez!

—C'est bien.

Cassoulet entendit les verrous glisser, une clef tourner... puis la porte s'ouvrit. Au pied d'un pilier une lanterne éclairait faiblement les dalles, et dans cette clarté diffuse se profila la haute stature du suisse. Cassoulet le devina plutôt. Maître Turcot s'effaça pour laisser entrer le jeune homme, puis il referma la porte, poussa les verrous, tourna la clef dans la serrure. Mais Cassoulet ne put voir le geste suivant de Maître Turcot qui mettait la clef dans l'une de ses poches. Comment aurait-il pu voir ? Il faisait presque aussi noir que dehors. Seulement, il remarqua que le suisse, toujours enveloppé dans son manteau rouge, s'appuyait du dos dans la porte, et il entendit un sourd ricanement et ces paroles étranges :

—Ah ! Monsieur Cassoulet, vous devez deviner pas mal pourquoi je vous ai donné ce rendez-vous ?

—Un peu, oui... sourit le lieutenant des gardes.

Cassoulet souriait, mais il était inquiet. Comment devait-il interpréter le ricanement de Maître Turcot ? Et puis, n'avait-il pas perçu un peu d'ironie dans les paroles du suisse ? Ah ! s'il avait pu voir distinctement le visage de Maître Turcot, il y aurait pu lire peut-être quelque chose qui l'aurait éclairé sur les pensées et les desseins du suisse. Mais la lanterne n'éclairait pas plus haut que les genoux du géant, tandis qu'elle éclairait presque toute la personne du lieutenant. Ah ! c'est que le pauvre Cassoulet n'était pas bien haut ! C'était bien un lutin à côté de la haute stature qui le dominait dans l'ombre. C'était la rencontre du lion et du moucheron... mais est-ce que le moucheron aurait l'avantage cette fois ? Est-ce que le géant n'allait pas d'un seul coup de dents croquer le lutin ?

Pourtant la voix de Maître Turcot était douce et naturelle quand il demanda :

—Comme ça, Monsieur Cassoulet, vous aimez ma fille ?

—Je l'aime et je l'adore ! répondit naïvement le lieutenant qui essayait de se persuader que le suisse était disposé à lui accorder la main d'Hermine.

—Naturellement, vous la voulez pour votre femme ?

—Oh ! Maître Turcot, je sens que je ne pourrai plus vivre sans Hermine à mes côtés ! Elle est dès à présent toute ma vie, tout mon bonheur !

—Je crois bien, sourit le suisse, car elle est bonne et belle, mon Hermine !

—C'est un ange... un ange... cria Cassoulet exalté par son amour.

—Un ange ? Vous l'avez dit, maître Cassoulet. Mais vous imaginez-vous quelle terrible responsabilité pèse sur moi en décidant de donner cet ange à un homme quelconque ?

—Certes, certes, Maître Turcot... bredouilla Cassoulet gêné sous les regards perçants du suisse. Car à présent les yeux du jeune homme s'étaient accoutumés à la demi-obscurité, et il voyait mieux le géant.

—Je sais bien que vous n'êtes pas un homme quelconque, se mit à rire sourdement le suisse. Mais je tremble pour ma responsabilité, quand je songe que je pourrais donner cet ange à un homme qui n'en serait pas digne.

—Oh ! Maître Turcot, croyez bien que j'en suis digne.

—Certes, certes, sourit cette fois avec ironie le suisse. Mais quand je songe aussi que je pourrais la donner à un homme qui ne serait pas un très bon chrétien...

—Je suis bon chrétien, Maître Turcot ! interrompit Cassoulet.

—Ou à un vilain... poursuivit le suisse.

—Je suis honnête, Maître Turcot !

—Ou à un vicieux...

—Je suis vertueux, Maître Turcot.

—Ou à un esprit malfaisant...

—Je suis probe, Maître Turcot.

—Ou à un traître...

—Je suis loyal, Maître Turcot.

—Ou à un lâche...

—Je suis brave, Maître Turcot.

—Ou à un truand...

—Je suis honorable, Maître Turcot.

—Ou à un manant...

—Je suis gentilhomme, Maître Turcot.

Le suisse éclata d'un rire énorme.

Cassoulet frémit, et, grave et digne, répliqua :

—Maître Turcot, je suis le chevalier Jacques de Cassoulet, fils unique de feu le Baron Pierre de Cassoulet, de Viviers, en Vivarais !

—Oui-dà ! maître de Cassoulet. Par la mitre et la crosse ! ne me faites pas rire !

Cette fois le lieutenant des gardes saisit l'ironie des paroles du suisse et le sarcasme de son rire. Alors, Cassoulet devina que ce géant lui en voulait encore, qu'il l'avait fait venir là dans la cathédrale déserte et noire pour le tuer peut-être.

Le jeune homme ne se troubla pas devant le danger ; au contraire, le danger ne l'intimidait jamais. Seulement, il se mit sur ses gardes. Doucement il glissa sa main droite vers la poignée de sa rapière, juste au moment où le suisse lui-même posait sa grosse main sur le pommeau de la sienne.

—Maître Turcot, dit le jeune homme sur un ton plus grave, je trouve étranges votre rire et vos paroles!

—Ah! ah! Maître Cassoulet, vous finissez par ouvrir les soupiraux de votre compréhension! Ah! ah! vous finissez par penser que Maître Turcot n'est pas aussi benêt qu'il en a l'air! Ah! ah! vous vous imaginez, à la fin, que je ne vous ai pas fait venir ici rien que pour rendre mes respectueux hommages à un lutin malicieux et infâme, à un gnome hideux, à un...

—Assez, Maître Turcot! commanda d'une voix forte Cassoulet. En garde!

—Ah! ah! tu veux conquérir ma fille à la pointe de ton épée?

—Je veux laver tous vos outrages dans votre sang!

—Ma fille te maudira!

—Je préfère ses malédictions à vos affronts... c'est assez!

Cassoulet ne pensait plus à ses amours! A présent il sentait qu'il haïssait Maître Turcot, et il se doutait que s'il ne l'attaquait pas, que lui, le suisse, allait bondir l'épée haute.

Et aussi rapide que sa pensée, le jeune homme tira sa rapière et fonça contre Maître Turcot, qui para adroitement un coup droit.

Le combat était engagé.

Maître Turcot ricanait sourdement tout en ferraillant, et Cassoulet vit qu'il était habile à manier une lame. Mais il n'était pas un maître, loin de là... car Cassoulet le désarma à la troisième passe.

Le lieutenant aurait pu tuer le suisse dans la même minute; mais Cassoulet n'était pas un meurtrier.

—Par l'épée de saint Louis! cria-t-il, ouvrez cette porte ou reprenez votre lame!

Maître Turcot se mit à rire. Puis il ramassa sa rapière et engagea de nouveau le fer.

—Ah! vous êtes donc décidé à périr, Maître Turcot? demanda Cassoulet en lui portant un coup effrayant.

—Moi... je veux me défaire de toi, vermine maudite!

Mais à la seconde même la pointe de la rapière du jeune homme heurta un corps dur à la poitrine du suisse.

Le jeune homme bondit en arrière, et regarda le suisse avec stupeur.

Maître Turcot partit d'un grand rire.

Le lieutenant comprit.

—Ah! dit-il avec colère, tu portes, suisse damné, sons ta veste plastron et cotte de mailles! Tu n'es qu'un lâche!

Et, poussé par une rage insensée, Cassoulet bondit, se rua, et planta sa rapière avec une force redoutable dans la poitrine de Maître Turcot. Le choc fut si rude que le géant chancela et manqua de tomber à la renverse. Mais du même coup la rapière du lieutenant se brisa et l'un des tronçons tomba par terre. Cassoulet proféra un juron et lança l'autre tronçon à la face du suisse.

—Lâche! meurtrier!... clama le jeune homme. Ah! maître Turcot, vous êtes un maudit, vous êtes...

Sa voix expira dans un flot de sang: car Maître Turcot de sa rapière lui traversait la gorge.

—Par là où j'ai souffert de ta main! hurla-t-il en même temps.

Cassoulet, la gorge traversée de part en part, roulait des yeux horrifiés et chancelait.

Le suisse retira brusquement sa lame; le lutin tomba en proférant un soupir d'agonie.

Maître Turcot, non satisfait, se jeta sur lui et par trois fois enfonça un poignard dans sa poitrine. Le lutin ne bougea plus...

Livide, tremblant, suant, Maître Turcot le regarda un moment, prêt à se ruer et à frapper encore si la vie subsistait dans ce petit corps.

Rien... il n'y avait plus à ses pieds et sous ses yeux qu'un cadavre dans une mare de sang qui grandissait rapidement.

Maître Turcot essuya sa lame sanglante au manteau de sa victime, puis il se leva et rugit:

—Oh! ma vengeance n'est pas finie! Il reste Baralier... Baralier, qui m'a escamoté soixante-quinze écus! Baralier, qui m'a trompé, qui m'a triché! Baralier, qui m'a dénoncé au peuple! Oh! Baralier, tu mourras, ta femme mourra, ton fils mourra!... Enfer et ciel! acheva-t-il, au moins le monde pourra dire que je suis bien vengé!

C'était affreux de voir ainsi cet homme, couvert de son manteau rouge, le visage crispé par la haine, les lèvres tordues par le blasphème! Et lui, le misérable, n'avait pas conscience de ses actes, il n'entendait pas ses paroles, il ne voyait pas ce cadavre et ce sang sur les dalles de ce lieu sacré! Il n'avait plus que sa haine et sa vengeance à satisfaire, tout le reste n'était rien! Ce n'était plus un homme, plus un suisse de Monseigneur, plus même un chrétien... c'était un démon!

Il alla rapidement à la porte, l'ouvrit, jeta dehors et dans la noirceur un regard perçant et sortit.

Maître Turcot fut trois quart d'heure absent. Il revint essoufflé, frissonnant, et l'air plus fou. Il se mit à considérer avec un sourire atroce le cadavre de Cassoulet :

—Ah! ah! ricana-t-il, il est bien mort, et les autres aussi! Demain, ajouta-t-il, j'irai chercher ma fille, et nous partirons! Nous retournerons en France. Je suis assez riche à présent pour vivre tranquille le reste de mes jours. Oui, demain, nous partirons pour la France!

Et le suisse demeura longtemps plongé dans une sombre rêverie. Il ne parut pas entendre la ville sortir de son silence, des clameurs s'élever sur divers points. Mais peu après des cris terribles retentirent sur la Place de la Cathédrale, puis un vacarme infernal fit trembler le ciel et la terre.

Alors seulement, Maître Turcot tressaillit, puis il écouta.

Rapidement il souffla sa lanterne, et malgré l'obscurité épaisse, il courut à une fenêtre et regarda sur la place : il vit une quantité de torches et de falots que brandissait une foule agitée et furieuse.

Il entendit ce cri :

—Mort à Turcot!

L'épouvante s'empara de lui. Il quitta la fenêtre et à tâtons gagna l'escalier puis l'échelle qui conduisaient au clocher. C'est là que le suisse alla se blottir, croyant qu'il échapperait à ceux qui demandaient sa mort!

XV

A MORT TURCOT !

Il fallait peu de chose à cette époque pour mettre sur pied toute une population et la jeter dans l'émoi. Que de fois, dans l'histoire de la Nouvelle-France, des villes et des villages avaient été, et souvent en pleine nuit, jetés dans l'épouvante par l'arrivée soudaine d'ennemis implacables! Parfois c'était le canon des Anglais qui avait craché son fer meurtrier tout à coup. D'autres fois, le cri de guerre féroce des Iroquois avait retenti. D'autres fois encore, c'était une émeute qui éclatait. Et d'autres fois, un incendie désastreux s'était soudain allumé. On vivait tellement sur le qui-vive, qu'un cri jeté dans la nuit silencieuse, un coup de feu, une cloche mise en branle, suffisait pour mettre le peuple sur les dents et le faisait sortir de ses foyers. Le paysan dormait couché sur son fusil et sa poudre. Les garnisons demeuraient sans cesse aux aguets, si bien qu'à la moindre alerte les armes étaient tirées.

En cette nuit du 20 au 21 octobre 1690, la population de Québec, encore qu'elle savait les Anglais rembarqués sur leurs navires, les retranchements de Saint-Charles gardés par trois cents miliciens sous les ordres de Le Moyne de Longueil et Beauport surveillé par deux cents volontaires, non, la population n'était pas tranquille. Les Anglais pouvaient survenir tout à coup dans l'espoir de prendre la ville par surprise. Il ne fallait dormir que d'un oeil tant qu'on les saurait près de Québec. Il y avait de l'énervement et de l'inquiétude dans tous les esprits. Au moindre bruit insolite, un citoyen se levait, prêt à jeter l'alarme. C'est ainsi qu'un voisin de Maître Baralier entendit, vers une heure de la nuit, certain bruit inaccoutumé dans la maison de l'épicier. A l'instant même un homme sortait furtivement de la maison de l'épicier, et cet homme portait une lanterne qu'il éteignit avant de descendre le perron. Et l'homme s'en alla en étouffant le bruit de ses pas. Mais le voisin de Baralier avait eu le temps de voir, à la clarté blafarde de la lanterne que tenait l'inconnu, un manteau rouge, et le rayon de la lanterne en même temps éclairé des souliers d'argent.

—Maître Turcot!... pensa le voisin.

Mais pourquoi Maître Turcot venait-il en pleine nuit chez Baralier, couvert de son manteau rouge, chaussé de ses souliers d'argent et portant une lanterne... mais une lanterne qu'il avait soufflée dehors, comme aurait fait un voleur ou un assassin?

Maître Turcot venait-il de faire un mauvais coup?

Le voisin de Baralier sentit une sueur mouiller la racine de ses cheveux.

Il réveilla sa femme et ses enfants. Il alla réveiller deux ou trois voisins. Il narra la vision étrange qu'il avait eue. On alla rôder autour de la maison de l'épicier et on écouta. La maison était silencieuse et sombre.

Un bourgeois se décida d'aller frapper à la porte.

—Maître Baralier! Maître Baralier! appela-t-il.

Silence et nuit à l'intérieur.

Alors l'un de ces hommes cria :

—Maître Turcot a assassiné Maître Baralier, sa femme et son fils!

Il n'en fallut pas davantage.

La nouvelle se répandit par la ville en clameur. Et en moins de vingt minutes une foule, armée de flambeaux, traversait la Place de la Cathédrale et gagnait l'impasse pour se rendre au logis du suisse. Mais cette foule s'arrêta frémissante, en découvrant sur le perron de pierre de la cathédrale une forme humaine inanimée... et cette forme, c'était la fille de Maître Turcot.

La mère Benoit était aux premiers rangs, et elle enleva la jeune fille dans ses bras.

Un silence se fit...

Etait-elle morte? Non! La jeune fille ouvrit des yeux hagards qui, à la lueur des torches résineuses, papillotèrent.

Au loin partaient ces cris:

—Mort à Turcot!

La foule grossissait de moment en moment.

—Sauvez Cassoulet! murmura Hermine en montrant la porte du temple.

On s'entre-regarda avec surprise.

Le nom de Cassoulet circula de bouche en bouche.

La mère Benoît interrogea la fille, mais elle n'en put rien tirer.

Un bourgeois étendit son manteau sur le sol et dit:

—Mère Benoît, couchez mademoiselle sur mon manteau vous voyez bien qu'elle est mal!

Aidée par une autre femme, la mère Benoît, qui pleurait, étendit Hermine sur le manteau. Puis on se mit à frictionner ses mains glacées.

—Sauvez Cassoulet! Sauvez Cassoulet! répétait la jeune fille comme en rêve.

Les clameurs s'élevèrent de nouveau. Le même cri monta dans la nuit:

—Mort à Turcot!

Puis des voix furieuses jetaient:

—Il a assassiné Baralier!

—Il a tué sa femme et son fils!

La maréchaussée arriva sur la place. Prévost la commandait.

On lui dit le drame de la maison de Baralier.

Mais où était Maître Turcot?

On savait seulement que sa fille avait montré la porte du temple en disant:

—Sauvez Cassoulet!

Est-ce que Maître Turcot était derrière cette porte?

Déjà des haches se levaient contre la porte verrouillée à l'intérieur.

Mais déjà aussi survenait le comte de Frontenac à la tête des gardes et d'un bataillon d'infanterie.

Des haches heurtaient le bois de la porte.

—Arrêtez! cria Frontenac, je vous défends de commettre ce sacrilège!

—Mais il y a peut-être là, dit Prévost, un assassin et une victime!

—Qu'on aille chercher Monseigneur, répliqua le comte. Lui seul peut donner l'autorisation d'enfoncer la porte du saint lieu!

Deux gardes s'élancèrent vers l'évêché.

Frontenac voulut alors interroger Hermine à laquelle des femmes donnaient leurs soins.

La jeune fille, assise maintenant sur le manteau prêté par le bourgeois, reprenait rapidement ses sens. Elle expliqua au gouverneur qu'elle avait vu le cadavre de Cassoulet sur les dalles du temple.

—Mais par quel hasard mon lieutenant des gardes s'est-il trouvé dans la cathédrale à cette heure de la nuit? interrogea Frontenac tout ahuri.

Pour ne pas porter une accusation contre son père, la jeune fille expliqua encore qu'elle avait vu le lieutenant des gardes pénétrer, mais elle ne savait quels motifs, dans l'église vers les dix heures.

Frontenac la pressa de questions. Mais la jeune fille ne voulut rien dire de plus.

Sur la place les clameurs semblaient devenir plus furieuses. La foule hurlait de plus belle:

—Mort à Turcot!

Le gouverneur demanda encore à Hermine:

—Entendez-vous ces menaces de mort contre votre père? Est-il possible qu'il ait commis quelque acte monstrueux?

—Non! non!... cria Hermine en se dressant avec épouvante. Non, non, monsieur... mon père est innocent !

Puis la jeune fille s'écrasa à genoux, joignit les mains, leva vers le ciel noir son visage mouillé de larmes et cria encore :

—Sauvez Cassoulet ! Sauvez Cassoulet !...

Le spectacle était curieux et fantastique. Toute la place de la Cathédrale était illuminée par les lueurs rougeâtres et fumeuses des torches brandies par la foule. Et sous ces clartés rouges qui s'agitaient sans cesse, se massait une foule bizarre d'êtres humains qui n'étaient que de diffuses silhouettes. Et parfois un silence profond se faisait de toutes parts, puis tout à coup un hurlement faisait trembler l'espace. Un remous se produisait, il y avait une poussée vers le temple, et l'on eût pensé que cette foule voulait emporter l'église d'assaut.

L'arrivée de l'évêque apaisa le peuple.

—Monseigneur, dit le comte de Frontenac au prélat très étonné, je vous prie de me pardonner si je vous ai fait mander, mais il se a des choses si extraordinaires que j'ai jugé votre présence nécessaire. Voyez ces hommes, il voulaient enfoncer la porte de votre cathédrale ; mais je les ai empêchés.

Puis le comte fit le récit de ce qu'il avait appris sur le compte de Maître Turcot. Et comme si le peuple eût voulu confirmer les paroles de son chef, une nouvelle clameur s'éleva :

—Mort à Turcot !... Il a assassiné, Baralier, sa femme et son fils !

Très pâle, l'évêque n'osait en croire ses oreilles.

—Et vous dites, monsieur le gouverneur, que votre lieutenant des gardes est là, dans la cathédrale, et qu'il y gît inanimé ?

—Cassoulet, oui, Monseigneur. C'est la fille de Maître Turcot qui l'a déclaré.

Le peuple s'agitait encore, criait, hurlait, balançait plus violemment ses torches et ses lanternes.

—Ouvrez cette porte ! commanda l'évêque.

Les gardes, la maréchaussée et le bataillon d'infanterie continrent difficilement la foule qui voulait entrer aussi.

Mais ni l'évêque, ni le gouverneur, ni les oficiers ne virent de cadavre dans l'église. Mais un porteur de torche glissa dans une mare de sang. Il y eut un mouvement de recul et d'horreur. En même temps on découvrit une rapière cassée en deux tron-

çons, et l'un de ces tronçons demeurait dans la mare de sang.

Frontenac toucha au sang, et il le trouva encore tiède.

Mais il n'y avait là nul être humain... ni Maître Turcot, ni Cassoulet.

La foule savait déjà l'histoire de la mare de sang et de l'épée brisée, et elle commentait l'événement ou le mystère avec stupeur.

La cathédrale fut fouillée entièrement, mais on n'y découvrit personne.

—Mais ce sang... cette épée brisée ? faisait l'évêque, réfléchissant.

—Monseigneur, dit Frontenac, je sais que cette rapière était celle de Cassoulet.

—Oh murmura l'évêque avec horreur, quel misérable a pu commettre un tel sacrilège !

A cet instant, un objet, comme venant du ciel, tomba aux pieds du bataillon qui contenait la foule. Un soldat releva aussitôt un bicorne noir galonné d'or.

—Le bicorne de Maître Turcot ! fit la foule dans un souffle de stupéfaction.

L'évêque s'approcha pour examiner le chapeau qu'il reconnut aussi.

—Il est tombé du clocher ! dit le soldat qui l'avait ramassé.

Tous les yeux se levèrent vers le clocher vaguement éclairé par les lueurs vacillantes des torches.

Des voix crièrent :

—Au clocher ! au clocher !

Mais que pouvait-il y avoir au clocher ? On l'avait deviné par le chapeau tombé ! Oui, Maître Turcot était là. Et lui, dans son épouvante, ayant voulu voir ce qui se passait en bas, il s'était penché ; mais en relevant sa tête un élant de bois avait accroché le bicorne qui était tombé. Maître Turcot avait de suite sentit tout son sang se figer, se glacer... Il était perdu, le chapeau l'avait trahi ! Dans son épouvante il s'écrasa sur les débris tout près de la cloche et se jura de ne plus remuer.

Oui, mais la foule venait de crier :

—Au clocher !

—C'est bon, approuva l'évêque. il faut savoir ce qu'il y a là !

Dix hommes s'élancèrent là-haut.

L'évêque, le gouverneur et les officiers sortirent du temple pour surveiller le clocher. La foule fit silence.

Hermine était maintenant debout, soutenue par la mère Benoît et une autre femme... En apprenant que le cadavre de

Cassoulet n'avait pas été trouvé, elle avait été ranimée par un fol espoir. De suite elle avait adressé au ciel une prière de gratitude. Mais elle était terriblement émue en pensant que son père s'était réfugié dans le clocher. Le malheureux, il était perdu!

Et comme le peuple, anxieuse et angoissée, elle regardait le clocher qui s'éclairait peu à peu à l'approche des hommes armés de torches qui y montaient par l'intérieur.

Puis le clocher s'éclaira tout à fait. Des ombres s'agitèrent. Des cris en descendirent, des hurlements, des rugissements... Il sembla qu'il y avait bataille là-haut.

On comprit que Maître Turcot avait été découvert. Tout le peuple cria d'une seule voix:

—Pendez-le Pendez-le!

Un hurlement d'épouvante partit du clocher, et l'on reconnut la voix du suisse.

—Pendez-le, au clocher! rugit une voix dans la foule.

—Il a tué Baralier! clama une autre voix.

—Et sa femme et son fils!

—Il a assassiné Cassoulet!

Un tonnerre de cris furieux roula dans la nuit.

Puis on crut voir que des hommes là-haut s'apprêtaient à pendre un autre homme à l'aide de la corde qui servait à mettre la cloche en branle.

—Arrêtez! arrêtez! cria l'évêque.

—Pendez! Pendez! hurla la foule.

—Non! Non! riposta l'évêque. O mon Dieu!! empêchez ce crime et cet autre sacrilège!

—Soldat au clocher! commanda Frontenac, et empêchez ce crime!

Une voix de femme poussa un cri déchirant:

—Pour l'amour de Dieu! arrêtez-les...

C'était Hermine... Hermine folle d'épouvante, les mains crispées, les yeux désorbités et levés vers le clocher.

Il était trop tard, hélas!

Une ombre humaine glissait au bout d'une corde, le long du clocher, le long des murs du temple...

Un cri d'horreur jaillit de toutes parts!... Puis des applaudissements frénétiques éclatèrent...

—O ciel! ce n'est pas possible...

Et Hermine, en poussant cette exclamation, tomba évanouie dans les bras de la mère Benoît.

—Emmenez-la! emmenez-la chez vous! suggérèrent des femmes atterrées.

La mère Benoit souleva la jeune fille dans ses bras robustes et l'emporta en courant.

Maintenant, un homme recouvert d'un manteau rouge pendait au-dessus de la porte de la cathédrale et gigotait terriblement. On l'entendait râler, on entendait ses dents grincer, on entendait ses membres craquer... Oui, c'était bien Maître Turcot, on le reconnaissait, et non seulement à son manteau rouge, mais aussi à ses souliers d'argent qui talonnaient la muraille du temple.

Le peuple demeurait maintenant silencieux et immobile, comme s'il eût voulu respecter l'agonie de cet homme qui venait de payer la dette de ses forfaits. L'évêque et le gouverneur demeuraient pétrifiés.

Mais voilà que tout à coup le pendu se mit à glisser doucement, puis tout à coup encore, comme si la corde venait d'être tranchée par une lame invisible, le corps du suisse tomba... il s'écrasa lourdement sur le perron de pierre.

Une superstitieuse terreur s'empara de la foule qui s'écarta.

Mais déjà l'évêque se précipitait et ordonnait à des soldats tout près de là:

—Enlevez-lui ses vêtements!

On obéit à l'ordre. Maître Turcot demeurait inerte, mais vivant, car il respirait encore avec efforts.

On arracha le manteau, les bas violets et les souliers d'argent que l'évêque fit jeter dans le temple avec le chapeau galonné d'or. Puis on se pencha sur Maître Turcot. On constata avec surprise qu'il portait plastron et cotte de mailles. Mais la surprise fut plus grande lorsqu'on découvrit à son cou un collier d'acier.

Un collier d'acier? Pourquoi?

On se le demandait.

Ah! c'était peut-être parce que Maître Turcot avait redouté pour sa gorge la main de fer de Cassoulet? Oui, de même qu'il avait endossé plastron et cotte de mailles pour protéger sa poitrine contre la rapière de Cassoulet!

Mais le mystère n'était pas encore tout à fait éclairci. On attendait que le suisse pût être interrogé et qu'il pût répondre aux questions.

Soudain, à la stupeur et à l'effroi généraux, Maître Turcot se dressa debout, sa haute stature, pour une seconde, domina toute la foule ahurie, puis il fit un bond de géant. se rua contre les rangs serrés de la masse du peuple et s'ouvrit un passage effrayant. Et la stupeur demeurait encore, que le suisse avait disparu.

Une nouvelle clameur retentit

—Il fuit! Il fuit!...

Sur l'ordre de Frontenac les gardes se jetèrent à la poursuite de Maître Turcot, mais ils ne le rattraperaient pas. Maître Turcot avait disparu comme par magie... peut-être avalé par le diable!

XVI

LE PENDU DE LA CATHEDRALE

Tout le reste de la nuit des groupes demeurèrent rassemblés sur la Place de la Cathédrale, n'en finissant pas de commenter l'affreuse tragédie.

Des malédictions volaient de temps à autre à l'adresse de Maître Turcot.

De temps à autre aussi on plaignait Cassoulet dont la disparition intriguait à l'excès.

On n'oubliait pas de plaindre bien fort la pauvre Hermine.

Enfin, vers l'aube, la place se vida tout à fait.

Puis le soleil se leva resplendissant.

Or, des artisans qui traversaient la Place de la Cathédrale en se rendant à leur travail s'arrêtèrent brusquement devant le temple, et leur yeux étonnés et épouvantés à la fois se fixèrent sur le corps d'un homme qui pendait à une corde au-dessus de la porte de la cathédrale. Et cet homme était coiffé d'un bicorne noir galonné d'or, enveloppé d'un manteau rouge, et chaussé de souliers d'argent. Bien qu'on ne vit pas sa face cachée par le collet relevé du manteau et le bord du chapeau, ce nom courut de bouche en bouche:

—Maître Turcot!

Sur le coup ces artisans demeurèrent béants, comme pétrifiés. Puis, sortant de leur torpeur, ils donnèrent l'alarme.

Ce fut l'éclair qui sillonne la nue: la cité entière apprit avec stupéfaction que Maître Turcot pendait par le cou au clocher de la cathédrale.

En moins d'une demi-heure toute la population s'était rassemblée sur la place, et

là, elle demeura ébahie devant le cadavre de Maître Turcot au bout de la corde.

Que s'est-il passé?

On se le demandait avec une âpre curiosité.

Mais qui pouvait expliquer ce mystère?

On fit les conjectures les plus insensées:

—C'est Cassoulet qui a fait le coup!

—Ou bien Baralier qui est sorti de la tombe pour se venger et pour venger sa femme et son fils!

On avait à peine prononcé le nom de Baralier qu'on vit celui-ci tout à coup fendre la masse du peuple et s'avancer vers la porte de la cathédrale. On s'écartait de lui avec une superstitieuse terreur. Maître Baralier sorti de la tombe. Maître Baralier, un revenant qui venait se réjouir de la mort de son assassin!

Mort ou vivant, réel ou revenant, Maître Baralier — car c'était bien lui — s'approcha en ricanant et s'arrêta sous le pendu et se mit à le considérer avec une joie muette.

La foule regardait cet homme avec épouvante.

Etait-ce bien un spectre?

Un homme, plus hardi que bien d'autres, osa s'approcher et le toucher.

—Ah! ça, dit-il, vous n'êtes donc pas mort?

Maître Baralier sourit, frotta ses mains et répliqua:

—Non, grâce à Dieu! Ah! ce que j'ai eu du nez en allant la nuit dernière héberger avec ma femme et mon fils chez des amis! Car n'a-t-on pas affirmé que Maître Turcot était venu chez nous dans la nuit pour nous assassiner?

—C'est vrai, dit l'homme.

—Oui, mais ce n'est ni moi, ni ma femme, ni mon fils qu'il a assassinés, mais des bonshommes de paille que j'avais couchés dans nos lits. Car, voyez-vous, après l'alerte d'hier, je me doutais qu'on tenterait de nous faire un mauvais parti; seulement, je ne me doutais pas que ce serait mon ami Maître Turcot! Non, je n'aurais jamais suspecté Maître Turcot. N'inporte! j'avais pris mes précautions.

L'étonnement médusait le peuple qui entendait ces paroles.

—Naturellement, ce matin, poursuivit Maître Baralier, je me suis rendu à ma maison pour voir si mes gens étaient encore vivants. Ah! si vous voyiez ça, mes bonshommes de pailles sont tout massacrés, c'est à croire que Maître Turcot était véritablement enragé et qu'il n'a vu que nuage et fumée! Oui, il a fait un vrai massacre. N'importe! je lui ai joué un bon tour!

Et Maître Baralier se mit à rire... mais rire à se tordre!

Mais il riait seul, le peuple ne riait pas, tant il était statufié.

Après avoir bien ri, Baralier leva le nez en l'air et regarda un moment le pendu.

—Eh bien! reprit-il, je voudrais bien connaître celui qui a joué à Maître Turcot ce tour qui bat le mien! Ah! tel que je le vois, je suis sûr qu'il ne songe plus à tuer des bonshommes de paille!

Une femme dans la foule cria tout à coup:

—C'est assez de honte et de sacrilège comme ça... décrochez ce cadavre!

Cette femme parut avoir raison, on l'approuva.

Un bourgeois clama:

—Qu'on coupe la corde!

Aussitôt un galopin grimpa aux épaules d'un grand baillard et, armé d'un couteau, il réussit à trancher la corde juste au-dessus de la tête du pendu.

Ce fut une chute étrange, molle, légère qui se produisit, au lieu d'une chute lourde, et le pendu s'affaissa sur le perron de pierre sans faire plus de bruit qu'un paquet de linge.

Un cri de surprise retentit... Les premiers à se presser autour du cadavre, et entre autres Baralier, découvrirent à leur confusion qu'ils n'avaient sous les yeux qu'un mannequin revêtu des habits du suisse de Monseigneur l'évêque.

L'éclat de rire qui suivit fut assourdissant...

Tout de même et longtemps après cette affaire qui avait failli mettre en délire de folie toute une ville, on pouvait entendre dans les chaumières du pays, à la nuit venue, les couplets d'une longue et triste complainte, parmi lesquels on remarquait celui-ci:

Au clocher pendait Turcot,
Avec son rouge manteau,
Son épée, sa hallebarde,
Son bicorne et plume au vent,
Avec sa face blafarde
Et dans ses souliers d'argent...

.. ..

L'automne s'écoula, l'hiver suivit et vint le printemps avec son soleil lumineux et chaud, ses brises caressantes et parfumées, ses verdures magnifiques, ses fleurs éblouissantes.

On n'avait plus entendu parler de Maître Turcot, et son logis était demeuré vide et clos.

Mais dans l'impasse, par un beau matin de juin, alors que le soleil laissait tomber quelques-uns de ses rayons d'or, on aurait pu voir par la fenêtre ouverte de la bicoque, la jolie tête dorée d'Hermine Turcot. Toujours rose et fraîche, mais un peu triste, elle cousait.

Durant deux mois la jeune fille avait été très malade; mais à forces de soins la brave mère Benoît avait réussi à sauver la vie d'Hermine.

On avait fouillé le logis du suisse, et sous le plancher et cachés dans une vieille marmite de fer on avait trouvé trois mille écus d'argent. C'était probablement toute la fortune de Maître Turcot, et Hermine, naturellement, héritait des écus. Après sa maladie elle était revenue à son domicile de l'impasse qu'elle avait bien vite remis en ordre, et elle avait repris sa vie de recluse en pensant à Cassoulet, le bien-aimé.

Cassoulet!

Ah! de lui non plus on n'avait jamais entendu parler!

Etait-il mort?

Toute la cité le pensait, seule Hermine doutait et espérait.

Elle n'avait donc cessé de vivre de son souvenir, et si elle avait échappé à la mort, c'était dû, pour beaucoup, à son espérance de revoir le lieutenant des gardes de Monsieur de Frontenac.

Souvent la mère Benoît disait·

—Ah! ma pauvre fille, c'est pas la peine de vous torturer la cervelle pour lui, s'il n'était pas mort il vous donnerait de ses nouvelles.

Hermine répliquait avec son sourire confiant:

—Une voix me dit qu'il n'est pas mort, madame Benoît, et je l'attends toujours, car je me suis donnée à lui, je serai sa femme.

Eh bien! ce matin de juin, vers les dix heures, un lutin parut tout à coup dans la porte ouverte de la jeune fille.

La pauvre enfant demeura si surprise

qu'elle ressembla un moment à une statue de bronze.

Cassoulet était là, souriant, son feutre à plume blanche à la main droite, sa main gauche au pommeau de sa rapière, vêtu dé son uniforme gris...

—Hermine! murmura-t-il seulement.

Ah! cette voix... ce n'était par la voix d'un mort, mais bien la voix d'un vivant!

La jeune fille courut se jeter dans ses bras en pleurant de joie.

Cassoulet, en embrassant ses cheveux d'or, expliquait:

—Je me suis échappé, Hermine, de la cathédrale, j'ai pu gagner la maison d'amis dévoués qui m'ont soigné. Vingt fois j'ai pensé mourir. Mais, me rappelant que vous m'aviez écrit un jour "Vivez! vivez! vivez" j'ai voulu vivre. J'ai imploré le Ciel, j'ai demandé à Dieu de me faire vivre encore, lui promettant que je ferais votre bonheur. Et j'ai vécu. Maintenant, je viens remplir mes promesses... Hermine, Monsieur le comte de Frontenac nous attend, venez!

Et jamais la cité de Québec ne manifestera plus de joie que le lendemain de ce jour lorsque Jacques de Cassoulet se présenta devant l'autel tenant à son bras la belle Hermine Turcot.

Furent-ils heureux? Il faut le croire, car le malheur ne s'attache pas à la vertu et à la vaillance!

FIN

TABLE DES MATIÈRES

Refaites votre santé pendant qu'il en est temps

Ne remettez pas à plus tard le soin de vous traiter. Si vous êtes lasse, déprimée par le travail, par les préoccupations, par le surmenage, rendez-vous compte que cet épuisement général peut avoir des conséquences graves. Pendant qu'il en est temps, reconstituez votre organisme au moyen des

PILULES ROUGES

qui vous donneront un sang plus riche, des nerfs plus solides et une résistance plus grande. Si votre cas vous inquiète, consultez notre médecin par lettre ou par une visite à nos bureaux ; ses conseils absolument gratuits vous aideront grandement si vous souffrez de

Pauvreté du sang	**Anémie**	**Irrégularités**
Retour d'âge	**Dépression**	**Chlorose**
Troubles nerveux	**Mélancolie**	**Tiraillements**
Maux de reins	**Dérangements**	**Migraine**
Palpitations de coeur	**Perte de mémoire**	**Troubles d'estomac**
Douleurs périodiques		**Sensation de chaleur**

Mme EVA THIBODEAU

"Nous avions changé de logement, j'avais dû travailler de longues journées, subir de grandes fatigues pour tout ranger et rendre notre maison aussi confortable que possible. Lorsque tout fut terminé, j'étais épuisée et une douleur de dos qui m'était survenue ne disparaissait pas malgré les frictions qu'on me faisait tous les jours. Ma mère me conseilla de prendre des Pilules Rouges pour me tonifier rapidement, ce à quoi je réussis. Peu de temps après, j'ai eu un bébé; j'ai continué l'emploi des Pilules Rouges pendant un mois encore pour assurer le maintien de mes forces. Je trouve ce remède incomparable dans le cas d'épuisement." Mme Eva Thibodeau, boîte postale 495, Magog, P. P.

"Après la naissance d'un enfant, les forces ne me revenaient pas, je ne pouvais pas encore rester debout bien que plusieurs semaines se fussent écoulées depuis ma maladie. Nous étions alors à la campagne où il n'était pas facile d'avoir un médecin. Mon beau-père se procura chez un marchand quelques boîtes de Pilules Rouges qu'il m'emporta. J'ai pris ce remède avec confiance et bientôt je me suis trouvée mieux, ma santé s'est rétablie comme auparavant." Mme L. Dutil, 48, rue Turgeon, Montréal.

CONSULTATIONS GRATUITES aux femmes par lettre ou à nos bureaux, 1570, rue Saint-Denis. Notre médecin est à votre disposition tous les jours, de 9 heures du matin à 5 heures du soir (excepté les dimanches et fêtes religieuses). Vous serez satisfaites des conseils qu'il vous donnera pour rien. Il vous est impossible de vous soigner à meilleur marché.

AVIS : Soyez énergiques pour votre santé. Refusez les substitutions au cent, soit en bouteilles, soit en boîtes de carton. Les Pilules Rouges pour les Femmes Pâles et Faibles sont dans des boîtes en bois, l'étiquette porte un No de contrôle et le nom de notre Compagnie. Les indications de notre médecin dans la circulaire sont précieuses, suivez-les bien. Chez tous les marchands ou par la poste sur réception du prix, 50 sous la boîte.

Compagnie Chimique Franco-Américaine Limitée, 1570, rue St-Denis, Montréal

CE SUPPLÉMENT EST DÉTACHABLE

LA VIE CANADIENNE

LITTÉRATURE ET LITTÉRATEURS

(SUPPLÉMENT AU "ROMAN CANADIEN")

No. 10   MENSUEL

LE ROMAN DES QUATRE

Nous avions déjà annoncé "Le Trèffle à Quatre Feuilles" mais, paraît-il, nos cousins de France nous ont devancés dans la réalisation, on nous a dérobé notre titre.

Ce sera donc le "Roman des Quatre".

Qu'est-ce que le "Roman des Quatre"? Un roman, Quoi! Un roman écrit en collaboration par quatre des auteurs du Roman Canadien; mais non pas d'une collaboration continue, ce n'est pas le résultat du travail commun de nos quatre amis; mais bien du travail successif de chacun d'eux.

La direction a tiré au sort lequel devait commencer et le hasard, favorable à nos lecteurs, a désigné Monsieur Ubald Paquin, le fougueux auteur de "La Cité dans les Fers", c'est dire que les préambules du roman ne manqueront ni de vie ni d'action.

Mais dans un roman de ce genre, le grand art du romancier est de conserver sa personnalité tout en continuant au travail son unité de suite et d'action. Monsieur Alexandre Huot, désigné pour faire la seconde partie du roman est un nouvelliste de carrière et il a démontré dans "Le Trésor de Bigot", avec quelle maitrise il sait conduire et développer une aventure policière. C'était la voie toute tracée où il devait s'engager, d'autant que Paquin, dans la première partie, y avait donné accès.

Ce n'était pas trop mal jusqu'ici, mais qu'allait écrire Jean Féron, le troisième que le sort avait désigné? Monsieur Jean Féron, que l'on a surnommé le Dumas du Canada, excelle surtout dans le genre historique et c'est en ce genre que sa personnalité est le plus marquée. C'est dire que c'est vers l'histoire qu'il devait faire évoluer la trame du roman. Et comment greffer un élément historique à un roman policier sans en détruire l'unité? Avec son tact habituel, Monsieur Jean Féron y est parvenu.

Que fera maintenant notre ami, le Notaire Larivière, auquel il incombe d'écrire la quatrième partie du roman? Notre ami est un tendre et un sentimental et nul doute qu'il saura terminer avec honneur ce travail commence avec tant de maestria par ses trois collaborateurs.

Le "Roman des Quatre" paraîtra dans notre collection en septembre prochain. Qu'on se le dise.

Eerit par des romanciers tels que Paquin, Huot, Féron et Larivière, "Le Roman des Quatre" ne saurait manquer du plus vif intérêt, d'autant que l'idée d'une telle collaboration est nouvelle chez nous et elle présente la plus audacieuse tentative de virtuosité intellectuelle jamais accomplie chez nous.

D. NARAG

LA VIE CANADIENNE

LITTÉRATURE ET LITTÉRATEURS
(Supplément au "Roman Canadien")

Publié dans le but de mettre plus de vie dans le monde littéraire Canadien et de coopérer à l'oeuvre du "Roman Canadien".

Nous recevrons avec plaisir tous manuscrits que l'on voudra bien nous soumettre et si refusés, seront retournés à nos frais.

Correspondance, adressez :
"La Vie Canadienne"
Casier postal 969
M O N T R E A L

À DEMI CHOQUÉ !

Certes, je le suis... mais pour rire !

Il y a une couple d'années, un de ces bons humoristes américains, car il y en a de mauvais là aussi, s'élevait contre certaines manières de parler ou d'écrire. Il s'indignait contre ces écrivains qui emploient des expressions telles que : "à demi effrayé", "à demi mort de terreur", "à demi inconsciente", "dans une demi-obsession", etc., etc. Suivant sa compréhension ces sortes de parlures et d'écrivaillages ne possèdent aucun naturel comme aucun goût littéraire, artistique, intellectuel, éthique. "Si, aujourd'hui, ajoutait-il, nous en venons aux demi-mesures dans ce domaine, que nos écrivains u'usent-ils, pour être complets et parfaits, des quarts de mesure, des huitièmes de mesure ?

Un moment, j'ai pensé que cet homme était malade ou, pour le moins, à demi malade. Avait-il raison ? Peut-être bien, puisque selon lui l'on pouvait fort bien écrire ou dire : "Cette chère dame est aux trois quarts âgée ! . . . Voyez-vous l'image ? C'est magnifique ! Et, chose plus magnifique, l'auteur réussit à exprimer sa très juste pensée de même que l'authentique vérité. Mais voyez-vous aussi la figure de cette dame qui se pen-

se et se dit plus jeune ? Pour nous, d'origine française, nous eussions de préférence écrit ou dit : "A demi âgée". . . . Sans doute, nous eussions perdu sous le rapport de la vérité, mais, par contre, nous aurions amplement gagné dans le simple domaine de l'exquise galanterie.

Mais les idées passent avec les hommes. Seulement, elles n'ont pas l'air de mourir. . pas même à demi. Elles reviennent tout entières avec d'autres hommes. En effet, ne voilà-t-il pas qu'un autre humoriste américain reprend la même musique ? Parfaitement ! Mais celui-là s'indigne tout à fait, et il n'a pas l'air de rire, car il souffle avec fureur... il clame... il rugit... il tape même très fort. "La Pensée est une et non fractionnaire... pas de demi-mesures ! Des entités ou rien ! Des "zuns" ou des "zéros" !

Voyez-vous ça ? C'est agréable !

Oui, mais il faut bien admettre, pour nous du moins d'origine française, (je répète à dessein) — que les manières de parler ou d'écrire ne manquent pas dans notre langue ni de justesse ni d'harmonie. Ces gens, à un huitième près du néant, prétendent qu'on est mort ou qu'on ne l'est pas. L'un ou l'autre.. pas de milieu ! Ils semblent ignorer que, entre la vie dans tout son éclat et son effervescence et la mort, il y a la maladie, l'impotence, l'agonie, c'est-à-dire un milieu quelconque, plus ou moins juste, plus ou moins rapproché d'une extrémité ou de l'autre. Or, sachant qu'il existe tel milieu, je suis bien disposé à faire usage des demi-mesures, attendu qu'elles ont pour objet rationnel d'exprimer la pensée sans extravagance. En tout cas, s'il fallait en croire ces ergoteurs et abandonner nos manières de parler et d'écrire, il ne nous resterait plus grand'chose à dire. Tout nous vaudrait aussi bien de nous rendre au pré pour y tondre et ruminer avec les bêtes. Au fait, il semble, aujourd'hui, que beaucoup d'Américains deviennent des ruminants... que seront-ils, demain ?

Attendons, nous verrons bien. Nous serons peut-être "aux trois quarts" émerveillés. . . .

Jean Féron

Juin 1926.

ANDRÉE JARRET.

Le premier roman que j'eus la bonne fortune de lire de cet auteur si agréable est "Moisson de Souvenirs", brochure encore neuve que je venais de déterrer dans le brie à brac de mon vieil ami, Monsieur Méthot.

En ouvrant le volume, je ne fus pas peu charmé de trouver la dédicace : "Avec les hommages les plus empressés de l'auteur, Andrée Jarret.

25 novembre 1919.

Quel était cette personne inconnue à laquelle s'adressait cet hommage ? Bah ! peu importait... Et puis, si le hasard et la bonne fortune me constituaient le dépositaire de cet autographe, ne devais-je pas leur être reconnaissant ?

D'ailleurs, dès les premières pages, je n'eus pas grande difficulté à me figurer qu'il n'y avait pas eu erreur et que j'étais bien l'ami inconnu auquel s'adressait cet hommage, tant Madame Jarret évoquait devant moi des scènes connues, la peinture de lieux et de vie familiers et dans mon égoisme bien humain, qui cherche à tout se rapporter, il me semblait reconnaître les personnages et les lieux décrits ; Saint Claude devenait Saint Césaire, Maricourt évoluait en Marieville et faisant un immense bond dans le passé je me retrouvais sur les bancs du collège branlant et froid, je revoyais la vieille église si belle avec ses ors flétris et ses ceintures de maîtres, son immense choeur où se rangeaient ceux des élèves "qui n'avaient pas de voix", là-haut, l'orgue antique si souvent faux et discord avec sa tribune immense où se pressaient ceux des élèves "qui avaient de la voix", à main droite du choeur, la partie du transept réservée aux élèves du couvent, sanctuaire où nous n'avions pas le droit de promener les yeux trop souvent ; mais dont nous lorgnions en cachette les occupantes, surtout, "celles qui avaient l'air fine", c'était encore l'hôpital, antique construction de brique où l'on nous soignait avec un dévouement maternel quand nous étions malades.

Moisson de souvenirs en effet que ces scènes présentées avec tant de vie et de sincérité naïve, cette séance de sortie de collège, ces émotions que nous éprouvions à retrouver parents et amis après le semestre de labeur.

Souvenirs ! Souvenirs ! Hélas ! ce mot évoque ce qui n'est plus et jamais cette signification n'a été aussi ironiquement vraie.

Le vieux collège où nous avions l'âme si chaude même quand ses corridors étaient glacés a été la proie du feu et ne s'est pas relevé de ses cendres, brûlée aussi la vieille église, également l'humble hôpital...

Mais surtout et avant tout, elle est disparue notre insouciante jeunesse, ils sont devenus chose d'antan les rêves étoilés de nos vingt ans... De les trouver évoqués dans les pages si simples et si sincères de Madame Andrée Jarret, j'éprouvais une joie âpre et lancinante comme celle que l'on ressent à la contemplation de la photo d'un cher disparu. La "Moisson de Souvenirs" était une oeuvre de première jeunesse, depuis ce premier né, l'auteur a acquis ce que l'on est convenu d'appeler du "métier" ; mais déjà se révélait la personnalité bien marquée de l'écrivain et jamais depuis, dans "L'expiatrice", dans le "Médaillon Fatal" et surtout, dans "La Dame de Chambly", cette personnalité ne s'est démentie.

Madame Andrée Jarret est sans contredit la plus essentiellement canadienne des auteurs de chez nous, elle est le peintre par excellence des scènes de vie familiale du Canada Français, et, ce qui ne contribue pas peu à accroître le charme de ses écrits, elle est dénuée de tout pédantisme.

Collaboratrice empressée de notre publication, nous devons à l'auteur de "Médaillon Fatal" une large part de nos succès et c'est avec plaisir que nous nous unissons à ses nombreux admirateurs pour l'en remercier.

Détail qui me frappe en terminant : Mademoiselle Andrée Jarret, de son nom véritable : Cécile Jarret de Beauregard ne serait-elle pas descendante ou alliée de cette Madeleine Jarret de Verchères dont l'héroïsme est devenu légendaire chez nous, ce qui prouverait que dans nos vieilles familles les traditions de vaillance ne sauraient déchoir.

"ERNEST RAL"

N'oubliez pas d'acheter le mois prochain, "Fleur Lointaine", par F. Provençal, et vous ne le regretterez point.

Achetez du

MACARONI "HIRONDELLE"

EN PAQUETS

Pourquoi ?

Les pâtes alimentaires CATELLI, marque HIRON-
DELLE, sont préparées avec un soin tout spécial et
mises dans des paquets d'une livre, à l'épreuve de la poussière, pour en garder toute la saveur.

Afin de vous protéger, la maison CATELLI fait avec
un soin tout particulier la fabrication et l'empaquetage
des pâtes alimentaires HIRONDELLE.

Ces produits HIRONDELLE se vendent nécessaire-
ment quelques sous plus cher, mais ils sont meilleurs,
n'étant pas exposés aux hasards des produits vendus à
la livre qui, bien souvent, sont laissés sans protection
contre la poussière et autres saletés avec lesquelles ils
viennent forcément en contact, même dans les endroits
les plus propres.

Demandez donc les pâtes alimentaires HIRON-
DELLE en paquets. Elles ont plus de saveur et sont plus
hygiéniques. Elles vous permettront de préparer des
plats beaucoup plus appétissants que ceux préparés avec
les pâtes alimentaires vendues à la livre.

Exigez le meilleur

FEUILLETON DE LA "VIE CANADIENNE"

LA VIERGE D'IVOIRE

Grand récit canadien inédit

par JEAN FÉRON

(Suite de la dernière livraison)

Quelques jours après Hortense Deschênes partait pour Burlington, dans l'Etat du Vermont, où elle allait passer quinze jours de vacances. Elle avait dans cette ville américaine une amie dont elle avait été la compagne de travail à cette même buanderie de la rue Craig. Mais Hortense — oh! elle ne l'avait pas dit — n'allait pas à Burlington uniquement pour le plaisir de se promener, non. Son amie lui avait écrit qu'à Burlington il y avait beaucoup de travail et que ça payait bien mieux qu'à Montréal. Elle avait en même temps suggéré à Hortense l'idée de venir se choisir une place, lui affirmat qu'elle pourrait facilement gagner vingt piastres par semaine. C'était tentatif, et Hortense, qui ne gagnait que dix dollars à la buanderie, décida de suivre le conseil de son amie.

Elle partit donc dans les huit jours qui précédèrent la fête de Noël.

A Burlington, malheureusement, Hortense ne réussit pas à trouver un emploi de suite, et l'on ne pouvait rien lui promettre avant le milieu de janvier. C'était un mois d'attente, et sans certitude encore! Qu'importe! Hortense décida d'attendre, elle avait assez d'argent pour vivre en attendant ce milieu janvier, d'autant mieux que son amie lui offrit de partager son lit. Tout était donc pour le mieux.

La veille de Noël, dans l'après-midi, Hortense se rendit sur la grande rue commerciale de la ville avec le dessein d'acheter quelques menus cadeaux de Noël. Elle faillit perdre connaissance en se voyant tout à coup accostée par un beau jeune homme qui lui dit avec une grande politesse:

—Je vous demande pardon, mademoiselle, de vous aborder ainsi; mais je vous ai trop vue à Montréal pour passer avec indifférence à vos côtés. Ne me reconnaissez-vous pas également?

—Certainement, monsieur.

—Vous avez donc quitté Montréal?

—Non pour toujours, je suis en promenade à Burlington.

—Vraiment, mademoiselle...

—Hortense Deschênes, compléta la jeune fille.

—Mademoiselle, je m'appelle Fernand Drolet.

—Vous habitez Burlington maintenant?

—Non... comme vous je suis en promenade. J'ai ici un oncle, un frère de mon père.

Et par un commun accord les deux jeunes gens s'étaient mis à marcher bras dessus, bras dessous, et tous deux causaient gaiement comme de vieux amis. Ils ne se séparèrent que sur la fin du jour, promettant de se revoir tous deux.

Ils se revirent si bien que, quinze jours plus tard, Hortense et Fernand étaient follement épris l'un de l'autre.

Mais était-il possible que Fernand Drolet eût déjà oublié celle qu'il avait tant aimée, c'est-à-dire Lysiane?

Eh bien, oui! Fernand, ayant perdu tout espoir, ne conservait plus qu'un vague souvenir de celle qu'il mettait au rang des trépassés. Et son souvenir s'était d'autant plus détaché de Lysiane, que son père lui avait écrit ces lignes:

"Tu peux revenir à Montréal. La fille "de M. Roussel n'est pas morte encore, mais "c'est tout comme, tu n'as plus d'espoir à con- "server. Je te conseille donc, pour mieux "éteindre ta douleur, de chercher une autre "jeune fille qui t'aidera à oublier celle qui "n'appartient plus à ce monde, et qui sera "peut-être dans l'autre, quand cette lettre te "parviendra. Tu ne peux pas vivre ainsi tou- "jours, et l'heure a sonné pour toi de songer "à te créer un foyer. Reviens donc!"

Il faut dire que si le père de Fernand donnait au jeune homme de tels conseils, c'est parce qu'il croyait sincèrement que Ly-

(Suite à la page 89)

LA VIERGE D'IVOIRE

(Suite de la page 86)

siane allait mourir, et aussi parce qu'il redoutait que le découragement ne portât son fils aux folies de jeunesse et aux désordres. Selon lui, seul un autre amour pouvait tout sauver.

Il avait peut-être raison, car sous l'empire de son désespoir, il était à craindre que Fernand, jeune, bouillant, d'un sang vigoureux et ardent, ne se laissât aller à la dérive et de là sur la pente des plaisirs dangereux. Cette lettre de son père était peut-être venue au bon moment, elle avait été pour le jeune homme un baume et un soulagement.

Il s'était dit aussitôt :

—C'est vrai, cette pauvre Lysiane n'est plus de ce monde, et mon père a raison : je dois songer à m'établir.

Et son oncle avait exprimé les mêmes sentiments.

Ce fut sur ces entrefaites que Fernand rencontra Hortense à Burlington, et cette fille, jolie, de bonne mine, qu'il connaissait déjà de vue, plut à son imagination. Les amours avaient marché très vite, si vite que, au 15 janvier, Fernand promettait d'épouser Hortense à Pâques.

Ce fut pour tous deux, dès lors, le bonheur.

Et Hortense se disait avec une joie trépignante :

—C'est peut-être ma Vierge d'Ivoire qui m'a porté cette chance-là, et je me rappelle que Jeanne me l'avait dit. Ma foi, tant mieux, je l'embrasse !

De sa sacoche elle avait aussitôt tiré la statuette et l'avait pressée sur ses lèvres avec amour et respect.

Alors elle avait écrit à son amie à Montréal qu'elle retournait reprendre son poste sur la rue Craig en attendant qu'elle devint la femme de Fernand Drolet. Et elle avait terminé sa lettre par ces mots :

—Oui, ma chère Jeanne, tu as dit bien vrai, cette fois-là, en me disant que cette statuette d'ivoire me porterait peut-être bonheur. Tu ne peux pas te figurer comme je suis heureuse... si heureuse qu'il me semble souvent que c'est un beau rêve que je fais seulement !...

IX

LA VIERGE MOURANTE

Le bonheur **ne frappe pas à toutes les** portes : c'est un passant d'humeur bizarre.

(Suite à la page 90)

LA VIERGE D'IVOIRE

(Suite de la page 89)

Parfois aussi, il frappe, entre, puis s'en va. Et l'on pourrait dire que c'est presque toujours ainsi. Le bonheur, tout comme la fortune, est capricieux et inconstant!

Un jour, d'un misérable il avait fait un bienheureux: Philippe Danjou. Puis il avait apporté la joie dans la maison du restaurateur, Amable Beaudoin. Pendant de nombreuses années il avait habité au foyer de M. Roussel. Or, un jour, il avait eu la fantaisie d'aller ailleurs: il avait déserté Philippe tout à coup en le mettant dans l'impuissance de soulager la douleur de son patron. Oui, depuis que Philippe n'avait pu rendre à M. Roussel la Vierge d'Ivoire qu'il avait trouvée et donnée à Amable Beaudoin le jeune homme était malheureux.. très malheureux. Il avait abandonné le restaurant de la rue Notre-Dame et, sans le vouloir, il avait fait une misérable: Eugénie qui ne se consolait plus! Et Eugénie étant malheureuse, toute la famille tombait sous le coup de sa souffrance.

Le lendemain de ce soir où Philippe avait couru chez Amable Beaudoin pour lui redemander la Vierge d'Ivoire, le jeune homme avait demandé à sa maîtresse de pension de la Place Viger de lui fournir les vivres. La bonne femme, qui estimait Philippe, ne l'avait pas refusé, et pour elle cela représentait un revenu supplémentaire. Du reste, elle avait longtemps demandé au jeune homme de prendre ses repas chez elle. Mais elle ignorait que Philippe préférait manger chez Amable Beaudoin par reconnaissance pour ce dernier et par amitié pour Eugénie.

Mais cette amitié s'était tout à coup effacée lorsque la jeune fille avait annoncé à Philippe la perte de la statuette d'ivoire, et

Philippe gardait à la jeune fille une rancune pour la négligence qu'elle avait montrée en ne mettant pas en lieu sûr la statuette. Il lui en voulait énormément encore, à ce point qu'il finissait par la haïr.

Il n'avait donc plus reparu au restaurant de la rue Notre-Dame, et il avait tout fait pour éviter une rencontre avec Eugénie. Il s'abstenait d'aller à l'église Notre-Dame par crainte d'y rencontrer la fille du bossu. A présent c'était à l'église Saint-Jacques qu'il allait entendre la messe le dimanche. Cette église était également celle de son patron, M. Roussel.

Celui-ci, un dimanche, ayant aperçu

(Suite à la page 91)

LA VIERGE D'IVOIRE

(Suite de la page 90)

Philippe à la sortie de la messe, l'avait pris à l'écart et lui avait dit:

—Venez faire un tour chez moi. Je vous invite à dîner aujourd'hui. Ma femme désire vous connaître et ma fille aussi. Depuis que je lui ai dit que vous avez trouvé sa Vierge d'Ivoire, elle veut vous voir. Oh! elle est bien malade, et je sais que ce ne sera guère plaisant pour vous de vous trouver en compagnie d'une agonisante et d'un père et d'une mère désespérés; mais je pense que votre présence nous fera du bien, venez!

Philipe avait suivi son patron.

Et il avait vu la moribonde.

Son coeur s'était fendu.

Quand la jeune fille lui avait tendu sa main fine et décharnée, Philippe l'avait à peine serrée comme s'il eût craint de briser cette chose si délicate et si fragile; mais il s'était agenouillé et, sans savoir ce qu'il faisait, il avait baisé pieusement cette main. La malade avait souri en murmurant comme toujours:

—Je voudrais bien avoir ma Vierge d'Ivoire!

—Vous l'aurez un jour, dit Philippe. Dieu finira par vous entendre, mademoiselle!

—Monsieur Danjou, balbutia la jeune fille, venez me voir souvent! Celui que j'aimais esst parti... venez prendre sa place! Il me semble, depuis que vous êtes là, que votre jeunesse fait revivre la mienne!

Philippe avait rougi très fort. Il connaissait toute l'histoire de Fernand, son ami, et il n'ignorait pas que le jeune homme, frappé par un désespoir curieux, était parti pour une destination inconnue. Et en lui-même il pensait que la maladie de cette jeune fille s'aggravait peut-être du départ ou mieux de la fuite de celui qu'elle aimait ou qu'elle avait aimé.

Et les paroles que venait de lui dire Lysiane l'avaient fait frémir et rougir. Pour la première fois Philippe venait de sentir son coeur tressaillir de joie inconnue et mystérieuse. Une immense sympathie, pour ne pas dire plus, venait de pénétrer son âme tout entière, et un attrait puissant, presque irrésistible, paraissait l'attacher près de cette couche sur laquelle gisait une mourante. Mais cette mourante venait d'exercer sur lui un charme prodigieux. Et ce n'était pourtant qu'une petite chose, presque inerte, qui au moindre souffle pouvait tomber en poussière!

(Suite à la page 92)

SERVICE DE LIBRAIRIE

Afin de contribuer au développement du goût de la lecture au Canada, nous annoncerons tous les bons livres qui nous seront adressés, mentionnant le titre, le nom de l'auteur. le prix et le nom de la maison qui nous l'aura envoyé.

LA VIERGE D'IVOIRE
(Suite de la page 91)

Qu'importe! De même que Philippe n'avait pas été maître du mouvement de pitié qui l'avait agité à la vue de la malade, de même il ne pouvait repousser le sentiment nouveau qui, dans son coeur, faisait place à la pitié.

Car Philippe avait conservé le souvenir de cette vision intérieure qu'il avait eut sur la Place Jacques-Cartier, le soir où il avait quitté son ancienne pension et Hortense Deschênes. Cette vision d'une jeune fille blonde, à l'air maladif, était demeurée une image ineffaçable dans son esprit et dans son coeur. Et cette image, il venait de la revoir... il la voyait là, vivante sous ses yeux.— oh! si peu vivante! — mais vivante, réelle quand même!... Et c'était la même image blonde, pâle, souffrante... là, sur ce lit! Quelle étrange aventure!

Philippe avait donc promis à Lysiane de revenir, et il était revenu souvent depuis ce dimanche. Et à présent il en était rendu à se dire que si Lysiane mourait, son coeur à lui ne pourrait pas survivre!

Comprend-on qu'il était devenu très malheureux? Il vivait entre l'espoir et l'éponvante!

Et quand il entendait Lysiane murmurer avec insistance:

—Je voudrais bien avoir ma Vierge d'Ivoire...

Alors Philippe était saisi de rage violente, et malgré lui une malédiction s'envolait de sa pensée vers ceux ou celui qui gardait en sa possession la statuette en dépit des avis réimprimés chaque jour dans les journaux.

—Quoi! à la fin cette statuette serait-elle perdue pour tout de bon? se demandait Philippe avec horreur.

Un soir, vers les dix heures, qu'il revenait de la rue Sainte-Famille et gagnait son appartement, il s'entendit interpeller par une voix féminine qui ne lui semblait pas tout à fait inconnue.

LA VIERGE D'IVOIRE

(Suite de la page 92)

Il s'arrêta, surpris, et regarda la jeune personne qui était devant lui. Il la reconnut .

—-Ah! mademoiselle Jeanne!... Dites-moi comment va votre amie, Hortense?

Philippe avait connu cette Jeanne au temps où il domiciliait à la pension de la Place Jacques-Cartier. C'était l'amie intime d'Hortense, sa compagne de travail, et cette jeune fille venait souvent à la Place Jacques - Cartier. Naturellement Hortense avait présenté l'ouvrière à Philippe.

—-Hortense? répliqua la jeune fille. Vous ne savez donc pas qu'elle va se marier à Pâques? .

—-Non, je ne sais pas. Je ne l'ai pas revue depuis...

—Ah! c'est vrai, depuis que vous êtes parti de la Place Jacques-Cartier?

—Oui.

—Eh bien! il y a du nouveau.

—Elle n'est donc plus sur la Place Jacques-Cartier?

—Elle y a conservé sa chambre. Mais en ce moment elle est à Burlington.

—A Burlington?

—Oui. Mais elle va revenir la semaine prochaine.

—Mais avec qui se marie-t-elle?

—Fernand Drolet.

—-Hein! Fernand Drolet?

—Vous le connaissez?

—Si je le connais... c'est un de mes amis!

—-Tiens! comme ça se trouve!

—Mais dites-moi comment la chose s'est faite?

—Ma foi, je n'en sais guère plus que vous. Hortense m'a écrit qu'elle se mariait à Pâques avec ce Fernand Drolet, voilà tout. Seulement, je sais qu'elle avait connu un peu ce jeune homme à Montréal, puis le hasard les a placés sur le même chemin à Burlington. Si vous voulez lire la lettre d'Hortense, ajouta la jeune fille en tirant une enveloppe de sa sacoche qu'elle tendit à Philippe.

—Il n'y a pas de secret? demanda le jeune homme en hésitant à prendre la lettre.

—Pas le moindre. D'ailleurs vous connaissez Hortense... c'est du badinage tout le long.

Philippe lut la lettre. Tout à coup il s'écria :

—Hein! est-ce possible qu'elle ait trouvé la Vierge d'Ivoire?

—-La Vierge d'Ivoire! fit Jeanne interdite.

Tous deux se regardèrent avec surprise.

—Oui, dit Philippe la voix et les mains tremblantes, la Vierge d'Ivoire. C'est une petite statuette qu'on a perdue. Je l'avais trouvée moi-même sur la Place d'Armes, puis je l'ai donnée à un restaurateur de la rue Notre-Dame.

—Ce n'est pas le bossu que vous voulez dire?

—Lui-même.

—Eh bien! je comprends comment il se fait qu'Hortense ait trouvée la statuette. Le bossu fait laver son linge chez nous, et je comprends que la statuette se sera trouvée égarée parmi des pièces de lingerie quelconque et qu'elle sera tombée.

Et elle raconta à Philippe tous les détails de la trouvaille d'Hortense à la buanderie.

LA VIERGE D'IVOIRE

Philippe chancelait de joie folle: enfin la Vierge d'Ivoire était retrouvée!

—Et vous pensez qu'Hortense possède encore cette statuette? demanda-t-il avec inquiétude.

—Je le pense, oui.

Philippe à son tour dit à l'ouvrière l'histoire de la statuette, et termina en disant comment, celle qui l'avait perdue, se mourait de chagrin.

—Eh bien! mademoiselle Jeanne, je pars de suite pour Burlington. Voulez-vous me donner l'adresse d'Hortense?

—Elle est là sur la lettre. Mais je ne vous conseille pas de faire ce voyage, attendu qu'Hortense sera revenue dans quelques jours.

—Vous avez peut-être raison.

Philippe souhaita bonne chance à cette amie d'Hortense et, presque fou, il rebroussa chemin et se dirigea à grande allure vers la demeure de son patron pour l'informer de l'excellente nouvelle.

X

L'IRREDUCTIBLE HORTENSE

Hortense Deschênes était revenue à Montréal le 16 janvier.

Le soir même de ce jour Philippe se rendit en toute hâte sur la Place Jacques-Cartier.

Il trouva Hortense très gaie... si gaie qu'elle lui sauta au cou en criant:

—Un revenant! Eh bien! c'est le premier que je vois en ma vie, je l'embrasse!

Elle paraissait folle de joie.

—Tu sais, Philippe, je me marie!

Elle le tutoyait comme un frère.

—Oui, je sais, et je te félicite. Mais je suis venu pour autre chose, Hortense, que pour t'apporter mes félicitations et t'offrir mes voeux de bonheur.

—Ca m'est égal pour quoi tu es venu. Je gage que tu ne connais pas mon futur mari?

—Si j'accepte le pari, tu vas perdre: c'est Fernand Drolet.

Hortense regarda le jeune homme avec surprise et dit:

—Je vois que tu as fait la rencontre de Jeanne Dumais.

—C'est vrai. Mais Fernand te dira lui-même que lui et moi nous sommes de vieux amis.

—Vrai? vrai? tu ne veux pas blaguer?

—Quand je te le dis!

—Mais comment se fait-il qu'il ne m'ait pas parlé de toi?

—Et toi-même, lui as-tu parlé de moi?

—Non.

—Eh bien! dans le feu de votre amour vous avez oublié vos amis, même les meilleurs. Que veux-tu, Hortense? c'est ce qu'on appelle l'égoïsme humain, une tare ineffaçable dans notre nature. Mais je reviens à ce qui m'amène, car je suis pressé.

—Oui, tu as l'air à ça. Que veux-tu?

—Je viens te demander si tu as encore la petite statuette d'ivoire que tu as trouvée à la buanderie?

Hortense regarda Philippe avec étonnement.

—Est-ce qu'elle t'appartient par hasard?

—Es-tu bien certain de ça? demanda Hortense, défiante.

—Veux-tu savoir autre chose, Hortense?

—Dis, pour voir!

—Cette statuette, je l'avais déjà eue en ma possession, et je l'ai perdue.

—Alors, c'était à toi.

—Non... comme toi je l'avais trouvée.

—Tu ne me dis pas!

—Je te l'affirme.

—Mais qui l'avait donc perdue d'abord?

—Lis cela!

Philippe lui tendit une découpure de journal.

Hortense lut lentement l'avis que M. Roussel avait fait insérer dans les journaux. Puis elle esquissa une moue dédaigneuse et demanda en rendant le bout de papier à Philippe:

—Tu connais ces gens-là?

—C'est mon patron.

—Ah bien! ne m'en colle pas, hein!

—Je te jure...

—Et cette statuette, c'était à lui?

—Ah! il a une fille?

—C'est tout comme... c'était à sa fille.

—Oui... et elle est bien malade.

—Tiens! Est-elle jolie?

—Peut-être...

—Peut-être?

—C'est une moribonde... elle se meurt. Elle demande sans cesse sa Vierge d'Ivoire. Donne-moi la statuette, Hortense.

La jeune fille avait perdu son sourire, et ses sourcils contractés se rapprochaient pendant qu'elle paraissait réfléchir. Au bout d'un moment elle demanda:

(à suivre)

Notre prochain numéro

Grande Nouveauté Littéraire

dans la collection du Roman Canadien

FLEUR LOINTAINE

Par François Provençal, Docteur ès Lettres

"Pourquoi les lettrés qui se piquent de style ne se mêlent-ils pas d'écrire des oeuvres populaires pour le grand public?" C'est la question que se posait Jean Bernard, dans son *Billet Parisien* reproduit par *la Presse* du 20 mai dernier. Les écrivains qui s'adressent à l'aristocratie intellectuelle exercent un magistère utile et même indispensable; mais leur plume ne pourrait-elle pas de temps à autre, sans rien perdre de sa belle tenue, se consacrer aux ouvrages d'imagination destinés à la grande masse des lecteurs? Les foules ont faim, elles sont avides de vrai, de beau, et presque personne ne leur dispense cet aliment de l'esprit. Elles ont sans doute au Canada, des éducateurs consciencieux qui leur enseignent l'indispensable pour gagner le pain quotidien et vivre honnêtement; mais l'âme populaire ne réclame-t-elle pas, en outre un peu de superflu? Si nous voulons que les travailleurs s'élèvent au-dessus des préoccupations banales ou des amusements dangereux, offrons-leur de bons livres, qui soient à leur portée.

Le roman *Fleur Lointaine* répond à ce besoin; il fait suite à l'excellente série déjà parue dans la Collection du *Roman Canadien*. Toutefois, c'est un genre tout nouveau qui ne manquera pas de piquer la curiosité. Un jeune homme de la meilleure société française est amené par les circonstances à s'établir au Canada, peu après la Grande Guerre; quelles seront ses impressions devant les tableaux grandioses qu'il a sous les yeux? Comment interprètera-t-il le tempérament canadien-français? Ne trouvera-t-il pas parmi les âmes vibrantes du monde féminin qui l'entoure une âme-soeur capable de le comprendre et de l'aimer?

Cette analyse psychologique par voie d'antithèses, est poussée très loin par l'intuition aigue de François Provençal. Au surplus, le jeune homme du roman est spécialisé dans les questions agricoles et prépare des expériences scientifiques du plus haut intérêt, en vue de transplanter dans son pays natal divers types d'arbres ou de plantes qui prospèrent sur le sol canadien et qui ont dépéri en France: tentatives renouvelées de celles qu'eurent lieu vers 1880 pour sauver les vignobles français. Cette mission spéciale occasionne des voyages où le sens de l'art va de pair avec le goût de la science chez le brillant explorateur.

Les entreprises techniques ne sont là, d'ailleurs, que pour rendre vraisemblable une intrigue qui se développe avec une logique étonnante, dans une atmosphère tantôt limpide, tantôt orageuse. Le coeur canadien, surtout celui de la jeune fille canadienne, est mis à nu jusqu'à ses plus profonds replis. Livre très humain, d'une émotion à la fois discrète et intense! C'est une des meilleures études parues jusqu'à ce jour sur nos moeurs et notre mentalité. Nos lecteurs s'en rendront compte sous peu: ce sera une saine récréation et un régal pour les esprits raffinés.

LA DIRECTION

LE SEUL VÉRITABLE

Le seul, d'après l'Institut Pasteur, qui réunit toutes les conditions requises d'un DESINFECTANT PARFAIT.

Désinfection au cas de maladie

La désinfection avec le "Crésyl-Jeyes" détruira irrévocablement les microbes et les germes infectieux, agent de contagions qui créent et propagent les maladies.

Il est reconnu par le Bureau d'Hygiène Provincial, que quiconque désinfecte au cours de maladie contagieuse avec le Crésyl-Jeyes parfumé, n'a pas besoin d'encourir les ennuis d'une désinfection générale après la maladie.

La désinfection est naturelle et agréable, ne causant jamais d'ennuis au malade ou aux gens de la maison. Pas plus encombrant que de faire brûler un papier d'arménie.

Le Grand Favori pour l'Hygiène Publique

Le "Crésyl-Jeyes" Parfumé est aujourd'hui adopté dans tous les établissements publics. C'est le grand favori et le seul désinfectant dont l'efficacité parfaite a été scientifiquement et pratiquemment démontrée. Il ne nuit aucunement aux élèves dans les collèges, académies, couvents, pensionnats. Son emploi est simple, agréable et inoffensif, détruisant avec les mauvais germes toute mauvaise odeur.

Le même Favori pour l'Hygiène Domestique

Le Crésyl Soluble est reconnu comme le meilleur désinfectant pour les douches vaginales, n'ayant aucun inconvénient, n'étant pas poison et ne brûlant pas (ni toxique ni caustique). Il est recommandé par tous les grands hopitaux de Paris. Mode d'emploi: Une cueillèrée à thé dans une pinte d'eau.

Rien de comparable pour l'Hygiène Domestique. Remplace avantageusement l'iode sans en avoir les inconvénients. Quatre fois plus puissants que l'iode, vingt fois plus puissant que le peroxide d'hydrogène.

Le "Crésyl-Jeyes Parfumé" tout en étant le plus grand désinfectant se vend à des prix populaires, à un bon marché que nulle autre maison puisse atteindre.

Ecrivez-nous pour toute information, références scientifiques, mode d'emploi.

La Cie des Produits "Crésyl"

2392, SAINTE-CATHERINE-EST,   MONTREAL

Téléphone: Clairval 1189-6477